KB094846

충주성심학교 야구부,
1승을 향하여

일러두기

이 소설은 MBC스페셜 〈충주성심학교 야구부〉 다큐 프로그램을 원작으로 하여 각색한 것입니다. 일부 내용은 창작된 것임을 알려드립니다.

충주성심학교 야구부,

1승을 향하여

윤미현 · 이소정 지음

살림Friends

추천의 글

우리는 모두 어린 시절부터 꿈을 가지라는 말을 듣고 자랐다. 이제 조금씩 나이를 먹어 가며 그 의미를 되새기곤 한다. 꿈이란, 주어진 환경을 넘어서고 내가 원하는 바를 향해 나아가도록 만드는 원동력이다. 지금의 나를 만들어 준 가장 큰 요소는, 어린 시절의 꿈을 이루기 위해 흘린 땀이 아닌가 싶다. 예전 충주성심학교 선수들과 잠깐의 시간을 함께한 적이 있다. 나는 그 당시 느낌을 지금도 잊지 않고 있다. 그들의 꿈은 그 누구보다 컸고 더 많은 노력을 요구했지만 어느 누구도 포기하지 않았다. 그들의 눈 속에서 꿈을 읽었다. "그 꿈을 향해 나가는 너희들이 자랑스럽다. 나의 사랑스러운 야구 후배들아!"

– **추신수** (미국 메이저리그 선수)

믿거나 말거나 나는 야구를 잘한다. 동네야구이긴 했어도 나는 늘 클린업 트리오 중 하나였다. 나는 그 옛날 40년 전 초등학교 2학년 때 야구를 배워 지금도 동네에서 아들놈과 캐치볼을 한다. 무슨 자랑이냐고? 아니다. 충주성심학교 야구부 친구들을 그만큼 이해한다는 얘기를 하기 위해서다. 그들이 야구를 통해 느낀 좌절, 감동, 환희 등등을 조금은 알 수 있을 것 같다. 여기에 오감 중 하나가 빠진 것쯤이야 아무런 문제가 될 수 없다는 것도. 그리고 그들에게 아직도 1승에 대한 희망이 아직 남아 있다는 것에 가슴 뛴다. 그것이 꼭 야구장이 아니라도 되는 거니까.

윤미현 프로듀서는 알고 지낸 지 30년 가까이 된다. 그 성격을 어느 정도는 아는데 글에도 그대로 드러나 있다. 문장이 두 줄을 넘지 않는 담백함과 쿨함. 그런데 그녀가 만드는 프로그램과 문장들은 사람들의 가슴 속을 먹먹하게 하고 때로는 갖가지 감정으로 뒤엉키게 만든다.

– **손석희** (방송인)

책을 덮고 나니 뽀얗게 날리는 흙먼지 사이로 야구장에 서 있는 아이들의 까만 눈동자가 눈에 보이는 듯 선하다. 바쁜 일상 속에서, 충주성심학교 야구부 덕분에 나는 지금 희망과 열정을 가지고 인생을 사는 것인지 잠깐 생각에 잠겨 나를 되돌아보았다. 실패를 즐기며 실패 속에서 성장하게 만드는 힘은 '희망'과 '열정'일 것이다. 비장애인들과 동등한 조건 속에서 경쟁하고 '불가능' 따위는 믿지 않는 그들이 성장하는 모습을 보며 마음이 뿌듯했다. 많은 청소년들이 이 소설을 통해 무모하더라도 자신의 인생에서 가장 하고 싶은 일에 도전해 보고 열정을 쏟아 보는 계기를 갖게 되길 바란다.

– **오상진** (방송인)

차례

주인공 소개

나: 홍준석

중학교까지 일반학교를 다녔다. 그곳에서 일진으로 주먹을 날리다 엄마에게 딱 걸려 충주성심으로 끌려왔다. 찰거머리처럼 끈질기게 따라다니는 박정석 선생님 때문에 야구부에 들어가게 된다. 나의 얼굴수화는? 비밀이다.

*얼굴수화: 청각장애인들이 사용하는 수화 이름.

서길원

한국 최초의 청각장애인 프로야구선수가 꿈인 미소년. 충주성심학교 야구부의 포수다. 얼굴수화는 귀염둥이. 모두가 인정하는 에이스 길원이는 '구멍'들 때문에 매일 속상해한다.

손원진

야동을 보다 걸려서 야구를 시작했다. 우익수이지만 '구멍'이다. 얼굴수화는 안경. 후에 나의 절친이 된다.

이태희

꽃미남이다. 얼굴수화는 속눈썹 긴 녀석. 일반학교를 다니다 충주성심으로 전학을 왔다. 박정석 선생님이 야구부로 영입하기 위해 공을 들이고 있는 녀석이다. 내 인기를 위협할 것 같아 내심 야구부에 들어오지 않기를 바라고 있다.

박정석 선생님

야구부장 선생님. 충주성심학교 야구부 창단멤버로 야구에 목숨을 걸었다. 얼굴수화는 주름 선생님. 내가 붙인 별명은 찰거머리 샘.

서문은경 선생님

야구부 매니저이자 야구반 담임. 얼굴수화는 꼬불머리 선생님. 언제나 말보다 발이 먼저다.

박상수 감독님

프로야구선수 출신. 2003년부터 충주성심학교 야구부의 감독을 맡고 있다. 내가 붙인 별명은 선글라스. 공식 얼굴수화는? 여기에선 밝힐 수 없다.

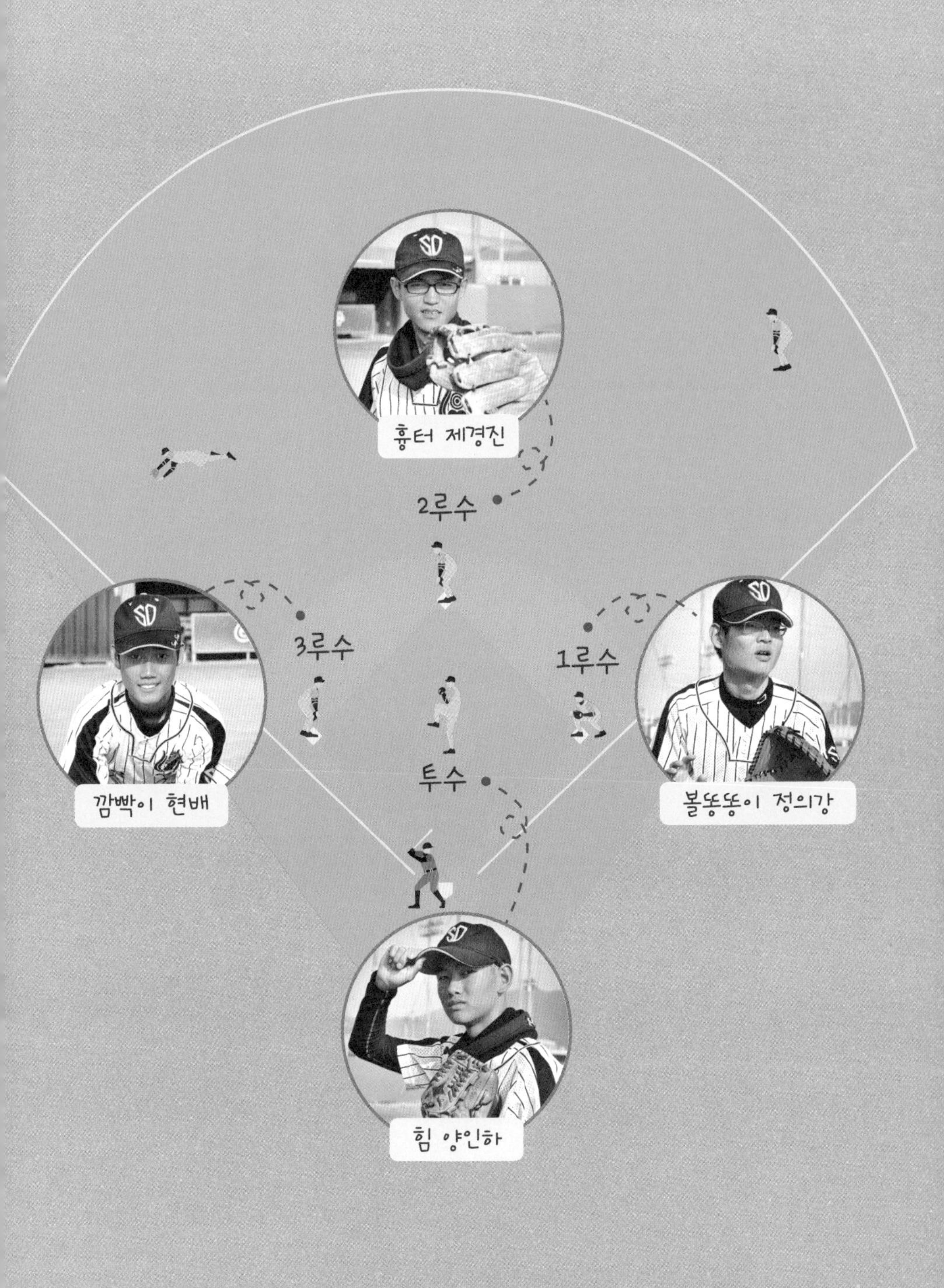
훙터 제경진
2루수
3루수
1루수
투수
깜빡이 현배
볼똥똥이 정의강
힘 양인하

귀머거리 학교

사흘 전, 엄마가 여기에 날 버리고 갔다.

충주성심학교.

청각장애인을 위한 특수학교다. 몇 달 전까지만 해도 내가 청각장애인 고등학교에 입학하게 되리라고는 상상도 하지 못했다. 입학하는 날 아침, 엄마가 운전하는 차는 학교 앞 언덕배기를 힘겹게 오르고 있었다.

노란색의 외벽 그리고 건물 중앙에 박힌 작은 시계. 건물 왼쪽에는 성당이 자리하고 있다. 엄마는 학교 뒤 주차장에 차를 세웠다.

"너 박정석 선생님 알지?"

"……."

"유치원 때 담임 선생님이셨던 박정석 선생님 여기 계셔. 선생님 기억나지?"

"몰라!"

나는 있는 힘껏 소리를 지르고는 차에서 내렸다. 엄마는 내 기분 따위는 아랑곳 않고 트렁크에서 가방을 꺼냈다. 이제부터 꼼짝없이 난 학교 안에 있는 재활원(기숙사)에서 생활해야 한다.

"엄마. 어디 가서 나 여기 다닌다고 하지 마!"

"왜?"

"내가 성심 다니는 거 알면 사람들이 귀머거리라고 놀릴 거 아냐?"

"준석아. ……. 너 청각장애인 맞잖아."

"……."

나 참 쪽팔려서.

중학교 친구들은 충주성심학교를 간다는 나에게, 수화도 못 하면서 귀머거리 학교는 가서 뭐하냐고 놀렸다. 친구들은 내가 귀머거리인 걸 까먹은 게 분명하다.

나의 청력은 95 데시벨[1]. 심도난청[2]이다. 보청기가 없으면 비행기가 뜨고 내리는 소리도 제대로 듣지 못한다. 엄마 말대로

---

1 데시벨(dB. decibel): 소리의 크기를 나타내는 단위다. 정상인은 20dB 이하의 소리를 들을 수 있다. 생활소음은 40dB, 일상적인 대화는 60dB 정도 된다.

나는 청각장애인이 맞다. 그런데 나는 왜 청각장애인이라는 말을 들을 때마다 가슴이 덜컥 내려앉는 것 같을까?

"열심히 입술을 읽어야 해. 준석아. 넌 듣지 못하지만 구화만 잘하면 뭐든지 할 수 있어."

어려서부터 나는 수화대신 구화(口話)를 배웠다. 구화란 상대방의 말을 입술의 움직임과 얼굴 표정을 보고 읽어서 이해하고, 발성연습을 통해 소리 내어 말을 하는 방법이다. 엄마는 구화만 배우면 정상인과 똑같이 살 수 있다고 했다. 초등학교에서 중학교까지 9년 동안 일반학교에 다닌 것도 그 때문이다. 오로지 일반인과 똑같이 살기 위해서였다. 그런데 9년이 지난 지금, 엄마는 나에게 다시 청각장애인으로 살라며 충주성심학교에 데려다 놓았다.

"흡!"

잠자는 것도 지겹다. 입학하고 내리 3일 동안 책상만 끌어안

---

2 심도난청: 청각장애는 청력 손실의 정도에 따라 경도난청(20~45dB), 중도난청(45~60dB), 중고도난청(60~75dB), 고도난청(75~90dB), 심도난청(90dB 이상)으로 나뉜다. 심도난청은 청각장애 중 가장 심한 경우로, 공사장 해머 소리나 록 밴드의 소리도 듣지 못한다. 준석이는 95데시벨 이상의 소리만 들을 수 있으므로 심도난청이다.

고 있었더니 왼쪽 얼굴이 평면이 되어가고 있다. 침을 쓱쓱 닦고 교실을 둘러봤다. 벌써 2교시가 끝나고 쉬는 시간이다. 사방에서 녀석들이 '파리채'를 날리고 있다. 이런 말이 어울릴지 모르지만 녀석들은 정말 수다스럽다. 하루 종일 웃고 파리채를 날린다. 나는 의자를 뒤로 뺀 다음 책상을 발로 확 밀어 버렸다. 책상이 쓰러졌다. 무척 큰 소리가 났을 텐데 아무도 돌아보지 않는다.

'이런.'

큰 소리는 아이들의 수다를 방해하지 못한다. 교실 벽에 붙어 있는 조명등이 반짝인다. 빨강과 파랑 빛이 번갈아 반짝이는 것이 꼭 이발관 불빛 같다. 소리를 듣지 못하는 아이들을 위해 성심에서는 불빛으로 수업의 시작과 끝을 알린다. 교실 문이 열리더니 아는 얼굴이 들어온다. 박정석 샘이다.

"오늘은 이등변, 이. 등. 변. 삼각형에 대해 공부하겠다. 두 개, 두 개의 변이 똑같아, 똑같아."

윽. 수학시간이군. 한 시간을 더 자야겠다. 이번엔 책 몇 권을 나란히 쌓아 놓고 그 위에 이마를 올려놓았다.

둥둥둥.

북소리가 울린다. 에잇. 막 잠이 들려는 순간이었다. 모른 척하며 고개를 왼쪽으로 돌렸다. 이번엔 누가 옆구리를 쿡쿡 찌른

다. 실눈으로 빼꼼 내다보니 두꺼운 뿔테 안경을 쓴 짝꿍이다.

"왜?"

"&$$%$$"

"짜식. 뭐라는 거야?"

녀석은 알아들을 수 없는 파리채를 계속 날리고 있다.

"#$$※&^%"

"꺼져!"

녀석은 한숨을 쉬더니 앞을 가리켰다. 고개를 들어 보니 박정석 샘이 계속 북을 치고 있다.

둥둥둥. 둥둥둥.

"홍준석! 이 자슥아. 책상이 니 침대냐?"

"……."

"들리지 않으니 선생님을 더 열심히 봐야 할 거 아냐! 보지 않으면 아무것도 알 수가 없잖아. 보지 않으면 여기에 없는 것과 같아."

박정석 샘의 입술은 읽기가 쉽다. 천천히 또박또박 말하기 때문이다. 하지만 말하면서도 쉬지 않고 움직여 대는 저 수화라는 파리채는 도통 이해할 수가 없다.

"그리고 준석아. 너 북소리는 들리면서 왜 모른 척하고 있어?"

사실 청각장애인이어서 좋은 점이 딱 하나 있긴 하다. 눈만 감으면 언제 어디서든 어떤 소리에도 방해받지 않고 완벽하게 잠들 수 있다는 것이다. 그런데 저놈의 북소리는 들린다. 아니 들린다기보다는 파동이 느껴진다. 처음 이 교실에 들어섰을 때 이발관 불빛과 함께 눈길을 끈 것도 저 북이었다.

교실마다 교탁 옆에 북이 하나씩 놓여 있는데 선생님들은 교실로 들어서면 북부터 친다. "주목!"이라고 말하고 싶을 때 북을 친다. 내 수면은 저 북 때문에 수시로 방해를 받는다.

둥둥둥.

다시 북이 울린다. 진동이 내 발끝을 타고 올라와 온몸으로 전해진다. 좀 잘 만하면 쳐 대고, 잠들었다 싶으면 둥둥거린다.

'못살아! 내가 저놈의 북을 다 찢든지 해야지!'

검정마스크

"이거 누가 올렸어?"

나다. 누가 봐도 나다. 정말 돌아 버리겠다. 현장학습을 하는 동안 검정마스크를 벗은 건 딱 한 번뿐이었다. 손두부 만들기 체험을 하고 시식하는 시간. 끝까지 안 먹으려고 버텼는데 서문은경 샘이 끈질기게 두부를 코앞까지 들이밀었다.

"준석아, 한 입만!"

모락모락 김이 나는 고소한 손두부의 유혹에 넘어가 나는 그만 마스크를 벗고 말았다. 입을 헤벌리고 손두부를 받아먹는 순간이 카메라에 잡혀 학교 홈피 소식란에 떡하니 올라와 있었다. '손두부, 정말 끝내줘요!'라는 제목과 함께. 아주 대놓고 '나 이 학교 다녀요!' 하고 광고를 하고 있다. 계단을 서너 개씩 뛰어 4층 교무실로 달려갔다.

"내 사진 내려요!"

서문은경 샘을 보자마자 소리를 질렀다. 내 소리가 컸는지 서문 샘은 놀란 붕어눈이 됐고 주변 샘들도 일제히 나를 쳐다봤다.

"준석아! 너 지금 목소리 무지 크다."

"제 사. 진. 내. 려. 주. 세. 요."

나는 단어 하나하나에 힘을 주어 말했다.

"왜 내려야 하는데?"

"그냥 싫어요. 사진 내려 주세요."

"그 사진에 너만 나온 거 아냐. 다른 친구들도 예쁘게 나와서 올린 거야."

"그럼 나만 모자이크해요."

"야. 홍준석! 너!"

사실 검정마스크를 쓰기 시작한 건 순전히 담임 샘 때문이었다. 서문 샘은 사진 찍기를 좋아한다. 어딜 가든지 반 아이들 9명을 다 모아놓고 사진을 찍었다. 처음엔 살짝 아이들 뒤에 숨어 신발 끈을 묶는 척했다. 모자를 쓰고 고개를 슬쩍 숙여 보기도 했다. 그래도 빛의 속도로 눌러 대는 서문 샘의 카메라 세례를 완벽하게 피할 수는 없었다. 그래서 준비한 게 검정마스크다.

서문 샘에게 다시 이야기하려는데 누군가 내 어깨를 돌려세웠다. 박정석 샘이었다.

"홍준석. 서문 선생님 그만 괴롭히고 나하고 얘기해. 그 사진 내가 일부러 올린 거야."

"왜요?"

"내가 먼저 묻자. 준석아, 너는 왜 맨날 검정마스크 쓰고 다니는데?"

"사진 찍히기 싫어요."

"너 때문에 반 단체 사진. 하나도 쓸 게 없다고 서문 선생님이 속상해하셔. 여기 봐. 다 검정마스크 쓰고 있지? 이건 또 고개를 돌렸네."

"그러니까 안 찍으면 되잖아요!"

"너. 성심 다니는 게 창피해?"

창피하다. 정말 이 학교 다니는 거 누가 알까 봐 두렵다. 주말에 집에 갈 때면 터미널까지 다니는 학교 셔틀 버스도 안 탔다. 사람들이 성심학교 학생이라고 한 번 더 쳐다보는 것 같아 일부러 버스비를 들이며 일반 버스를 타고 다녔다.

"홍준석. 이 학교 다니는 게 창피하냐고 선생님이 묻고 있잖아!"

"싫어요. 다른 사람들이 날 알아보는 게 싫어요."

"다른 사람 누구?"

박정석 샘이 나를 노려보았다. 나도 지지 않고 샘을 똑바로 쳐다보았다.

"그게 누군데?"

"친구들이요."

"네 중학교 때 친구들? 같이 오토바이 타고 다니면서 담배피우고 사고 치던 친구들?"

"……."

"그 녀석들이 너 여기 다니는 거 창피하대?"

"걔들 나쁜 애들 아니에요."

"그럼 걔들이 착해? 착해서 너보고 삥 뜯어 오라고 시켰어?"

박정석 샘의 목에 핏대가 섰다.

"제 친구들이거든요. 나쁘게 말하지 말아요."

"그렇게 착한 애들이 널 위해서 애들 패고 돈 뺏어 오라고 해?"

더는 참을 수가 없다. 나는 책상 옆에 있는 쓰레기통을 확 걷어찼다. 쓰레기통이 뒤집어지면서 담겨 있던 쓰레기가 사방으로 흩어졌다.

"선생님이 뭘 알아요?"

"야. 홍준석!"

"씨발. 선생이면 다야?"

"뭐? 지금 너 뭐라고 했어?"

"선생이면 다냐고! 왜요? 말 안 들으면 짜르게? 짤라요, 짤라!"

나는 훅 하고 앞머리를 불었다.

"내참 더러워서."

이번엔 흩어진 쓰레기더미를 확 걷어찼다.

"나도 이런 구질구질한 귀머거리 학교 다니기 싫거든!"

"뭐야?"

"왜요? 한 대 패고 싶어요? 그럼 패요, 패."

나는 박정석 샘 앞으로 머리를 확 들이밀었다.

"이 녀석이 정말!"

샘의 얼굴이 벌겋게 달아올랐다. 나는 머리를 더 들이밀었다.

"자, 때려요. 때려."

순간 얼굴과 몸이 휙 돌아갔다. 박정석 선생님이 내 뺨을 때렸다. 나도 모르게 눈물이 뚝 떨어졌다. 쪽팔리게. 그대로 교무실을 뛰쳐나와 운동장을 가로질러 교문 밖까지 내달렸다.

'이놈의 귀머거리 학교. 내가 다시 오나 봐라!'

학교를 나오긴 했는데 어디로 가야 할지 모르겠다. 이럴 줄 알았으면 PC방이라도 알아 두는 건데. 지난 두 달 동안 재활원과 학교만 왔다 갔다 했으니 충주 시내 지리를 하나도 몰랐다. 청주의 집까지 갈 차비도 없었다. 엄마에게 문자를 보냈다.

엄마 데리러 와.

준석아 왜 그래? 무슨 일 있어?

나 지금 집에 갈 거야.

왜?

자퇴하려고. 검정고시 칠 거야.

오늘부터 학교는 그만두자. 생각보다 이곳에 너무 오래 있었다. 수화도 모르는 내가 충주성심을 다닌다는 것부터 말이 안 되는 거였다. 두 달이나 견뎠으니 엄마에게도 할 말은 있다. 마지막 문자를 보낸 지 한참이 지나서야 답장이 왔다.

준석아 엄마 안 가. 너도 집에 오지 마. 너 와도 문 안 열어 줄 거야. 박정석 선생님하고 약속했어. 준석이는 엄마 아빠 아들 아니고 당분간 박 선생님 자식이라고. 박 선생님한테 너 맡겼으니까 그렇게 알아. 이제 문자 보내도 답장 안 보낼 거야.

내 눈을 의심했다. 이거 진짜 우리 엄마가 쓴 거 맞아? 충주성심에다가 나를 버린 것도 기가 막힌데 박정석 샘 자식은 또 무슨 소리야?

✉ 엄마. 농담 그만하고 빨리 와.

✉ 엄마? 나한테 왜 이래?

✉ 나 배고파.

✉ 엄마? 엄마?

투명인간

네 살 무렵 나는 40도를 오르내리는 고열로 병원에 입원했었다. 일주일을 앓다가 가까스로 고비는 넘겼지만 청력을 잃고 말았다. 하지만 엄마는 내가 들을 수 없을 거라고는 상상조차 하지 못했다. 청소기를 돌려도 반응이 없고, 자꾸 TV 앞으로 다가가는 것이 이상해서 다시 병원을 찾았다고 한다. 시골병원에서는 서울에 있는 큰 병원으로 가보라고 했다. 그리고 며칠 뒤. 나는 평생 소리 없는 세상에서 살게 될 거라는 판정을 받았다.

내 기억이 맞다면 여섯 살부터였다. 또래들이 초등학교 입학을 앞두고 열심히 한글을 배울 때 나는 구화를 배웠다. 구화를 완벽히 익히느라 다른 친구들보다 한 살 늦게 초등학교에 입학했다. 그즈음 우리 집은 청주 교외에 있는 묵방리로 이사를 갔다. 나를 작은 학교에 입학시키기 위해서였다.

구성분교는 한 학년에 반이 하나였다. 반 아이들은 모두 10명. 누가 누구인지 다 아는 작은 학교였다. 초등학교 시절은 행복했다. 가끔 친구들의 말을 알아듣지 못할 때도 있었지만 잃어버린 고리는 서로 눈치껏 메워 나갔다. 내가 배운 구화의 효력은 그러나, 딱 거기까지였다.

중학교에 진학하면서 나는 버스를 타고 30분 거리에 있는 청주시내로 가게 되었다. 한 학년의 학생 수는 300여 명. 9개 반이다. 나는 보청기를 끼고 선생님의 입술을 읽기 위해, 입술만 눈이 아프도록 쳐다봤다. 그런데 매 시간 과목이 바뀔 때마다 선생님의 입도 함께 바뀌었다.

말할 때마다 한쪽으로만 씰룩거리는 입,

빨간 립스틱만 동동 떠다니는 입,

복화술을 하는 듯 거의 움직이지 않는 입.

선생님마다 말하는 속도도 모양도 제각각이었다. 수업시간 동안 겨우 그 선생님의 입에 적응할 만하면 다른 과목 시간이 되어 완전히 다른 입을 읽어야 했다. 눈을 부릅뜨고 한 시간 내내 입술만 쳐다보고 나면 머리가 지끈지끈 아파 왔다.

선생님들이 뒤돌아서서 문제를 풀기라도 하면 도저히 따라갈 수가 없었다. 선생님들은 너무 자주 내게 등을 보였다. 선생님의 입이 내 앞에 없으면 그 수업은 나에게 침묵 그 자체였다. 난 고개를 숙이고 교과서만 들여다봤다. 그게 내가 할 수 있는 최대한의 노력이었다.

처음엔 영어를 포기했다. 좋아하던 수학을 버렸다. 피곤하다. 보청기를 뺐다. 책상에 엎드려 눈을 감았다. 아무 소리도 들리지 않고 아무것도 보이지 않았다. 나는 교실에 있었지만 그곳에 존재하지 않는 아이였다. 반 아이들은 나를 투명인간 취급했다. 학급 일에도 좀처럼 끼워 주지 않았다. 중학교 시절 내내 나는 투명인간으로, 그림자로, 살았다. 가끔 호기심이 많은 아이들이 다가와 내 귀에다 "왁!" 하고 소리치고 달아났다. 반 녀석들이 나에 대해 궁금해하는 건 단 한 가지. 내가 끼고 있는 보청기의 가격뿐이었다.

내가 처음으로 존재감을 드러내게 된 건 중학교 3학년 때였다. 청소 시간에 한참 교실 청소를 하고 있는데 한 녀석이 뒤에서 내 어깨를 툭 쳤다. 돌아보니 같은 반 상태였다.

"야! 아까부터 계속 불렀잖아."

"왜?"

"이 새끼 정말 못 듣네!"

"……."

나는 교실에 있었지만
그곳에 존재하지 않는

아이였다.

"너 교실 청소 아니고 복도야. 나랑 같이 복도 청소라고."

상태가 거기에서 끝냈더라면 나는 고분고분 그 녀석을 따라 복도로 나갔을 것이다.

"씨발. 귀머거리랑 같은 조 하려니까 진짜 피곤하네."

"……."

"어이, 귀머거리. 내 말 못 알아들었어? 복도라고 복도. 빨리 나와. 이 귀머거리야."

순간 머릿속에서 빠직하고 전선이 끊어졌다. 나는 바로 주먹을 날렸다. 주먹은 제대로 상태의 얼굴에 박혔다. 녀석은 코를 거머쥐며 그대로 꼬꾸라졌다. 코피가 흘렀다. 비틀비틀 일어서는 녀석을 향해 다시 주먹을 날렸다. 녀석의 안면이 뭉개졌다. 내 주먹이 꽤 쓸모가 있다는 걸 그날 처음 알았다.

"상태를 왜 팼지?"

"……."

"홍준석! 얼굴을 저 정도로 뭉갰을 땐 이유가 있을 거 아니야?"

"……."

"상태는 너한테 복도 청소를 해야 한다고 말했을 뿐이라고 하던데."

상태 녀석. 나에게 귀머거리라고 욕한 걸 담임에게 말했을리 없다. 나는 구질구질하게 변명을 늘어놓고 싶지 않았다. 고개를 돌려 흘끔 보니 상태 녀석 얼굴이 퉁퉁 부어올라 있다. 그 옆에는 상태 엄마가 잔뜩 화가 나서 씩씩거리고 있었다. 그리고 그 옆에는……. 우리 엄마가 죄인처럼 앉아 있었다. 엄마는 그날 처음으로 학교에 불려왔다.

반 아이들과 문제가 생기면 선생님들은 언제나 내 탓으로 돌렸다. 내가 아이들보다 설명을, 아니 변명을 못하기 때문일 것이다. 이번에도 상태가 나보다 설명을 그럴 듯하게 잘했다. 상태를 때린 건 100퍼센트 내 잘못이 되었다.

그때 녀석들을 만났다.

학교 일진. 그들이 나에게 말을 걸어왔다.

"어이. 거기 키 큰 놈. 일루 와 봐. 너 우리랑 같이 놀래?"

중학교에 와서 같이 놀자고 한 건 녀석들이 처음이었다.

"나하고 친구할 거야?"

"친구? 뭐 친구 좋지. 그래 우리 친구 먹자!"

나는 일진들과 친구가 되었다. 나는 동급생들보다 머리 하나는 컸다. 녀석들에게는 키가 큰 내가 필요했을 것이다. 어쩌면 내 주먹에 대한 소문을 들었을지도 모르겠다. 나는 그저 함께 있을 친구가 필요했다.

"준석아. 재 좀 불러 봐."

녀석들은 키 큰 나를 앞세웠다.

"뭘 쳐다봐. 눈 깔아!"

쌍꺼풀이 없는 내 눈은 인상을 쓰면 꽤 날카로워 보인다. 한 번 노려보기만 해도 아이들은 바짝 쫄았다. 나는 친구들을 대신해 아이들을 패고 돈을 뜯었다. 학교에서 주먹으로 나의 존재감을 알리기 시작했다. 처음엔 겁이 났지만 곧 익숙해졌다. 나를 필요로 하는 친구들이 있다는 게 좋았다. 최소한 녀석들은 나를 투명인간 취급하지는 않았으니까. 친구들과 어울려 다니며 수업에 빠지기 시작했다. 삥 뜯은 돈으로 PC방을 가거나 오토바이를 타고 돌아다녔다. 오토바이를 탈 때면 검정마스크를 썼다. 검정마스크는 세상으로부터 나를 지키는 완벽한 방어막이 되어 주었다.

엄마가 학교로 불려오는 날은 점점 많아졌다. 엄마는 일진 친구들을 참아내지 못했다. 고등학교 진학을 앞두고 엄마는 충주성심학교에 계신 박정석 샘에게 나의 문제를 상담했고 결국 나를 이곳으로 보냈다. 아무리 마음이 삐뚤어졌다 해도 엄마를 거역할 수는 없었다. 엄마가 나를 위해 살아온 시간들을 알기 때문이다.

나를 박정석 샘 자식으로 생각하겠다는 엄마는 그 후로 정말 답이 없었다. 날이 저물고 밤이 깊어진 후 재활원 마당의 마리아 상 뒤쪽으로 걸어갔다. 으슥하고 눈에 띄지 않는 곳. 나를 닮은 곳이다. 가방을 열어 담배를 꺼냈다. 돛대였다. 담배에 불을 붙이고 한 모금 깊숙이 빨았다. 여기서 자야 할까? 모른 척하고 슬쩍 재활원에 들어가서 돈을 가지고 나올까? 너무 늦으면 청주로 가는 버스가 끊기는데……. 그때 누군가 내 입에서 담배를 채 갔다.

"아씨, 어떤 새끼야?"

돌아보니 박정석 샘이 서 있었다. 샘은 담배를 뺏어 들더니 가로등 아래로 갔다. 어두운 곳에서는 내가 입술을 읽지 못한다는 것을 알기 때문이다.

"담배 끊은 지 몇 년 됐는데 아무래도 못 생긴 놈 때문에 다시 피워야 할 것 같다."

박정석 샘은 내가 피우던 담배를 입으로 가져갔다.

"샘. 그거 돛대거든요!"

나는 재빠르게 담배를 낚아챘다.

"……. 그래. 지금은 나보다 네가 더 간절하기도 하겠다."

"여긴 어떻게 찾아냈어요?"

"짜쓱아. 저 위 재활원 3층 방에서 보면 여기 다 보여. 너 여기 있다고 중학생들이 문자 무지하게 보냈다."

샘이 내 앞으로 핸드폰을 내밀었다.

선생님, 마리아 상 뒤, 홍준석

아주 전교생이 CCTV다. 나는 담배 한 대를 천천히 다 피웠다. 선생님 옆에서 합법적(?)으로 피우는 담배 맛이 나쁘지 않다.

"퇴학. 안 시켜요?"

흘끗 샘을 쳐다봤다.

"퇴학시키면. 갈 곳은 있냐?"

그 말을 하는데 샘의 볼 양옆 주름이 깊어 보인다.

"샘, 저 그냥 포기하세요. 중학교 때 선생님들도 다 저 포기했어요."

아니. 중학교 때 선생님들은 나한테 관심조차 없었다. 나는 투명인간이었으니까.

"준석아. 성심에는 한 반이라고 해 봐야 9명, 10명뿐이야. 수업시간에 들어가면 너희들이 뭐 하는지 다 보여. 준석이 자는 것도 보이고. 책 가리고 게임하는 녀석들도 보여. 그런데 어떻게 포기하겠니?"

"저 안 미워요?"

"밉지. 무지 밉지."

샘이 내 머리를 흐트러뜨렸다

"아아! 머리 만지지 마요. 세워 놓은 거 눌려요!"

"짜식. 암튼 머리 하나는 엄청 신경 써요."

샘이 피식 웃는다.

"근데 준석아. 나한테는 네가 아직 일곱 살 때 처음 성심에 왔을 때 준석이로 보여. 센 척하는 준석이가 아니라 착하고 뭐든 열심히 하는 준석이로 보여."

샘은 지갑을 뒤적이더니 사진 한 장을 꺼냈다.

"너 아까 뛰쳐나가고 심란해서 옛날 사진첩 들여다보는데 이게 나오더라. 너 일곱 살 때 선생님하고 같이 찍은 거야."

사진 속의 나는 웃고 있다. 샘은 우리들 키에 맞춰 낮게 앉아 있다. 일곱 살 때, 난 충주성심학교의 청주분교에서 유치원을 다녔다. 그때 박정석 샘이 나의 담임이었다. 샘은 그 후 충주성심학교로 자리를 옮겨 중학생과 고등학생들에게 수학을 가르치고 있다. 내가 충주성심에 입학하면서 다시 샘과 만나게 되었다. 11년 만의 재회인 셈이다.

"너 유치원 졸업하고 초등학교를 일반학교로 간다고 했을 때 선생님은 정말 기뻤어. 네가 구화도 잘하고 무엇보다 어머니가 워낙 열심이시라 준석이는 통합교육에 꼭 성공할 거라고

네 살 무렵의 나

유치원 때, 박정석 선생님과 함께

생각했어."

나도 이곳으로 오고 싶지 않았다. 엄마만 아니었다면 절대로 충주성심으로 오지 않았을 거다. 샘이 내 얼굴을 돌리더니 왼쪽 뺨을 찬찬히 살폈다.

"아직 아파?"

"괜찮아요."

"아까 때린 건 미안하다."

"신경 쓰지 마세요."

"때린 건 내가 두고두고 갚아 줄게."

박 샘이 내 뺨을 때렸을 때 좀 놀란 건 사실이다. 다른 사람은 몰라도 박 샘은 나를 이해해 줄 거라고. 그런 막연한 믿음이 내게 있었던 것 같다. 샘이 천천히 일어섰다.

"홍준석. 들어가서 자야지. 재활원 문 잠긴다. 그리고 오늘 너 담배 피운 건 한 달 동안 화장실 청소하는 걸로 용서해 줄게. 내일부터 벌 청소 시작해."

얼굴수화

며칠 전부터 아이들이 나를 볼 때마다 손가락 두 개를 이마에다 찍었다. 교실에서 만나는 녀석이나 복도에서 만나는 녀석이나 손가락 두 개를 구부리더니 이마에 꾹 찍는다.

"뭐? 이마에 점?"

"%#$@&&*"

"나 이마에 점 없어."

아이들은 히죽 웃고 또 이마에다 점을 찍었다. 점이라는 거야? 뭐야? 아님 내 인상이 더럽다는 건가? 내가 인상을 좀 쓰긴 해도 어디 가서 빠지는 얼굴은 아닌데. 참다못해 박정석 샘을 찾아 나섰다. 수화를 모르니 애들한테 물어볼 수도 없고 도대체 왜 이마에다 저 점을 찍는지 궁금해 죽을 것 같다.

'교무실에도 없고. 샘은 어딜 간 거야? 개똥도 약에 쓰려면

없다더니!'

1층 야구부실에서 박정석 샘을 찾았다. 샘은 트로피가 가득 차 있는 야구부실에 쭈그리고 앉아 배트에 못을 박고 있었다.

"샘! 뭐 해요?"

"준석이구나. 아이고. 야구 배트가 다 부러졌다!"

샘은 부러진 배트에다 못을 박은 후에 검은색 절연테이프로 칭칭 감았다.

"샘 하나 사요! 구질구질하게. 이거 그냥 버려요, 버려!"

"짜쓱아. 배트 하나에 15만 원이야. 어제만 해도 세 개나 부러졌어. 하루에 그냥 45만 원 뚝딱 해먹었다. 아휴. 야구 못하는 놈들이 배트는 더 잘 부러뜨려요."

샘은 야구 실력과 배트 부러뜨리는 건 반비례한다며 한숨을 지었다.

"허구한 날 이렇게 배트에다 못을 박고 있으면, 난 아무래도 야구부장이 아니라 목공 담당인 것 같아."

다시 테이프로 방망이를 꽁꽁 감던 샘이 갑자기 나를 올려다보았다.

"준석아! 너 키 얼마지?"

"182센티미터요."

"너 달리기 잘하지?"

"뭐, 좀 하죠."

샘이 벌떡 일어서더니 내 팔뚝을 만져 보았다.

"준석아. 너 야구부 들어라!"

"야구부요?"

"그래! 야구부. 너 키도 크고 딱이다!"

"싫어요. 야구하면 다리 굵어지잖아요."

"짜쓱아. 다리 굵어지면 튼튼하고 좋지!"

"안 돼요!"

요즘 스키니 진이 대센데, 다리통 굵으면 영 뽀다구가 안 난다. 게다가 야구를 하면 햇볕에 계속 그을릴 텐데 얼굴 타는 건 딱 질색이다.

"아참, 샘. 애들이 나를 볼 때마다 이마에 점을 찍어요. 왜 그래요?"

"너 점 있나 보지."

나는 급히 이마를 깠다.

"나 이마에 점 없어요! 점 없다고 애들한테 말 좀 해 주세요."

박정석 샘은 옆에서 도와주고 있던 뿔테안경을 툭툭 쳤다.

"원진아. 준석이가 왜 이마에 점을 찍느냐고 묻는데?"

내 옆자리에 앉아 있는 뿔테안경 녀석 이름이 원진이었구나.

"#@$$%!"

"그래? 하하하."

"$#@%&&"

원진이가 열심히 파리채로 설명을 하는데 아무리 봐도 무슨 말인지 모르겠다. 원진이의 손동작은 내겐 다 똑같아 보인다. 수화 사이사이 이마에 손가락 한 개를 짚었다가 두 개를 짚었다가 하는 것 말고는 도통 뭘 말하고 있는지 알 수가 없었다.

"준석이가 음. 저번에. 음 닮았어. 음."

"%$#@@……."

"준석아. 이마에 손가락 두 개로 찍는 건 네 얼굴수화래."

"얼굴수화요?"

"그래. 아이들이 널 보자마자 바로 얼굴수화를 지었대."

청각장애인들에겐 모두 얼굴수화가 있다고 한다. 이름을 불러도 들을 수 없고, 매번 이름을 지문자로 하나하나 쓰자니 번거로워 얼굴의 특징을 잡아서 수화로 표현하는데, 그게 바로 얼굴수화다.

"원진이는 얼굴수화가 '안경'이야."

원진이가 손가락 두 개를 동그랗게 말고 나머지 세 개는 펴서 눈에다 갖다 댔다.

"안경!"

원진이는 어릴 때부터 안경을 썼기 때문에 '안경'이 얼굴수화가 되었단다.

"저기 들어오는 길원이는 얼굴수화가 '귀염둥이', 귀엽다는 의미로 왼쪽 볼을 살살 만져."

길원이라는 애는 얼굴이 하얗고 제법 귀엽게 생겼다.

"길원이는 야구부 에이스야. 그리고 지금 뒤따라 들어오는 애는 '볼똥똥이'."

"볼이 똥똥해서 '볼똥똥이'예요?"

"맞아! 의강이는 어렸을 때 아주 볼이 미어터졌거든."

"그럼 선생님 얼굴수화는 뭐예요?"

"나? 윽. 이거 별론데. 나는……. 음……. '주름'."

"주름요?"

"그래. 입가에 주름이 깊게 졌다고 해서 '주름 선생님'. 여기 팔자 주름 보이지? 이렇게 볼 옆에다 손가락 두 개로 주름을 그려."

딱 맞다. 주름 선생님! 박정석 샘의 코 옆으로 깊게 패인 주름은 정말 따를 자가 없다. 모두 얼굴수화가 그럴듯하다. 그런데 내 얼굴수화는 왜 이 모양인 거야?

"나는 점 없는데 왜 얼굴수화로 점을 찍어요?"

"점하곤 상관없대. 전에 우리학교 다니던 선배랑 준석이가 닮았대. 그 선배 얼굴수화가 손가락 하나를 들어 이마에 찍는 거였대. 선배랑 네가 닮았고, 네가 두 번째니까 손가락을 이렇게 두 개 쓴데."

"아, 싫어요!"

"왜 싫어?"

"남 닮았다는 것도 싫고요. 또 모르는 사람이 보면 점박이 인줄 알 거 아녜요. 그것도 두 점박이!"

"두 점박이? 하하하."

"샘. 얼굴수화 바꿔 줘요."

"얼굴수화는 자기 맘대로 못 바꿔. 만든 친구들이 바꿔 줘야지. 나도 '주름 선생님'이 맘에 안 들어서 녀석들한테 '멋진 선생님'으로 부르라고 했는데 절대 안 들어주더라고. 내 앞에선 '멋진 선생님'이러다가 내가 안 보이면 바로 '주름 선생님'이라고 해."

샘은 주름 샘이 맞아요! 멋진 선생님은 무슨.

"샘. 그럼 어떡해요?"

"준석이가 친구들에게 싫다고 설명해."

수화를 알아야 설명을 하지. 어릴 때 유치원에서 잠깐 수화를 배웠지만 지금은 하나도 기억에 남아 있지 않다.

"'싫어'를 어떻게 했죠?"

"드디어 수화 배울 마음이 생긴 거야?"

"어쨌든 두 점박이는 싫다고 해야죠."

"준석아. 엄지와 검지, 두 개만 들어 봐."

"이렇게요?"

"그래. 그걸 약간 구부려. 그리고 턱 밑에다 갖다 대."

"'싫어.' 이렇게 맞아요?"

"와, 준석이 수화 잘하네."

"두 점박이 싫어. 싫어. 싫어."

"하하하. 네 얼굴수화가 그렇게 싫었냐? 준석이 수화 조금만 배우면 금방 잘하겠는데."

생각보다 '파리채'는 어렵지 않았다. 내일부터 두 점박이는 싫다고 해야지. 그런데 내 얼굴수화는 뭐로 해 달라고 할까? 주름 샘처럼 '멋진 녀석'이라고 부르라고 하면 녀석들이 토하겠지? 그래도 이왕이면 좀 멋진 건 없을까? 눈 밑에 흉터가 있으니 '흉터'라고 지어 달라고 할까?

수화상식

지문자(指文字, finger spelling)

손가락으로 문자를 표현하는 방법입니다. 한글 지문자는 자음 14자, 모음 10자, 총 24자를 기본으로 하고 이중모음과 이중자음을 합쳐 36자가 있습니다. 이름과 같은 고유명사는 지문자를 씁니다. 수화로 대화를 하다가 뜻을 분명히 하고 싶을 때도 지문자를 씁니다.

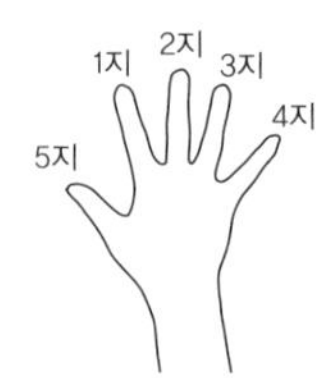

싫어!(싫다)

오른 주먹의 1지와 5지를 펴서 약간 구부려 끝을 턱에 댑니다.

(출처: 한국수화사전)

결국 야구부 버스를 탔다. 맨 뒷자리 구석에 구겨 앉아 눈을 감았다. 주름 샘이 빰 때린 걸 두고두고 갚는다기에 나는 빵이라도 사 주는 줄 알았다. 그런데 야구부실에서 만난 다음 날부터 주름 샘은 내 뒤를 찰거머리처럼 따라다녔다. 야구를 하잔다. 박정석 샘의 얼굴수화는 주름 샘이 아니라 찰거머리 샘이라고 지어야 맞다. 샘은 내가 키가 크고 운동 감각이 뛰어나니 몇 달만 야구를 배우면 바로 주전 선수로 뛸 수 있을 거라고 했다.

"너처럼 체격 좋은 사람 없어, 준석아. 너 금방 4번 타자 될 것 같아."

주름 샘의 꼬드김은 집요했다. 샘의 말을 계속 듣고 있다 보면 나도 헷갈린다. 마치 내가 야구를 위해 태어났고 야구를 하러 여기 충주성심학교에 온 것 같다. 그래도 나는 스키니 진과

하얀 피부를 포기하기 싫었다. 나는 주름 샘이 가르쳐 준 '싫어'를 외치며 저항했다.

"야구 싫어."

아부가 먹히지 않자 주름샘은 새로운 거래를 해 왔다. 담배 피우다 걸려서 하고 있는 화장실 청소를 빼 줄 테니, 대신 한 달 동안 야구부 훈련을 받으란다. 내겐 거부할 수 없는 유혹이었다.

사실 야구장엔 한번 가 보고 싶었다.

고등학교 1학년 1반 학생은 모두 9명인데 나를 뺀 8명이 몽땅 야구부였다. 오후 수업은 직업교육 시간인데 나만 빼고 모두 야구를 하러 갔다. 교실에는 나 혼자만 남았다. 직업교육에는 목공도 있고, 애니메이션도 있고, 양재도 있는데, 왜 하나같이 야구를 하는 걸까?

그리고 안경 원진이의 야구 실력도 궁금했다. 원진이는 어제도 교실에 글러브를 가지고 와서 자랑을 해 댔다. 새로 받은 외야수 글러브를 길들인다며 공으로 온종일 쿵쿵 쳐 댔다. 쉬는 시간이면 원진이는 꼭 여학생들이 있는 1학년 2반 복도로 향했다. 글러브를 끼고 왔다 갔다 하다가 가끔씩 수비를 하는 것처럼 폴짝 뛰기도 했다. 그러다 글러브를 벗어 꽤 예쁘게 생긴 여학생에게 건넸다.

"해 봐."

안경 원진이가 하던 것처럼 여학생이 공으로 글러브를 툭툭 쳤다. 잘 안 되는지 고개를 갸웃거리며 웃는다. 가지런한 이. 찰랑거리는 단발머리. 웃으니 더 예뻤다.

'녀석, 야구 좀 하나 본데, 반응이 나쁘지 않은 걸 보니?'

야구부는 여학생들에게 꽤 인기가 있어 보였다.

버스는 충주 시내를 가로질러 10분 거리에 있는 충주야구장으로 향했다. 5월. 나무들이 제법 예쁘게 초록 옷을 입고 있다. 처음 학교에 왔을 때는 회색도시였는데 이제 조금은 덜 삭막해 보인다. 돌계단을 올라가 연두색 철문을 열고 들어서니 야구장이 나왔다. 흙바닥의 야구장은 아담했다. 충주 시내에 있는 유일한 야구장이다. 전용야구장이 없는 우리 학교 야구부는 충주야구장을 빌려 쓴다고 했다.

멀리서 제법 덩치가 있는 남자가 분홍색 아령을 들고 야구장을 돌고 있다. 가까이 다가올 때 보니 풍채가 더 좋았다. 키도 180센티미터는 넘는 것 같았다. 선글라스를 낀 남자는 꽤 카리스마가 있었다.

"감독님. 여기 준석이 왔어요."

주름 박정석 샘이 나를 선글라스에게 소개했다.

"준석아, 이리 와서 인사 드려. 박상수 감독님이셔."

2003년부터 충주성심학교 야구부감독을 맡고 있는데 프로 야구선수출신이라고 한다. 선글라스가 눈에 확 들어온다. 포스가 장난 아니다.

"안녕하세요. 홍준석입니다."

아마 내 목소리는 조금 늘어지게 들릴 것이다. 대부분 청각장애인들은 고음을 내며 말하는데 나는 조금 낮고 느리게 말한다고 한다. 분홍색 아령을 내려놓으며 선글라스는 나를 아래위로 찬찬히 훑어보았다.

"준석이 달리기도 꽤 잘해요. 힘도 좋게 생겼죠? 잘만 하면 시합에도 바로 뛸 수 있을 것 같아요."

주름 샘이 나를 치켜세웠다.

"야구는 짬밥숩니다."

선글라스가 짧게 대답하고 나를 쳐다보았다.

"근데 너 다리가 휘었다."

헉. 귀신이다. 나의 치명적인 약점을 한눈에 알아보다니.

"아! 준석이 오토바이 많이 타서 그럴 거예요. 그렇지?"

샘! 그걸 변명이라고 하세요?

"열 바퀴 뛰어."

박상수 감독님

"네?"

"뛰라고! 열. 바. 퀴."

"열 바퀴요?"

선글라스에겐 거부하기 힘든 카리스마가 있었다. 제길. 첫날부터 웬 빵빵이야.

헉헉대며 더그아웃으로 돌아오는데 선글라스가 야구부 코치로 보이는 사람을 부른다.

"한 코치. 여기 오토바이 데리고 가서 캐치볼 연습 시켜."

엥? 이거 진도가 너무 빠르다. 애들 야구 실력이나 구경하러 왔는데 잘못하다간 코 꿰어서 야구부에 말뚝을 박을 것 같다.

"감독님."

선글라스가 돌아본다.

"저, 다리가 휘어서 오래 달리면 아파요."

선글라스가 내 다리를 쳐다본다.

"오래 서 있어도 아파요."

선글라스는 나를 한참 바라보더니 천천히 입을 열었다.

"오토바이. 너. 다. 리. 펴. 질. 때. 까지 뛸래?"

나는 선글라스를 쳐다보았다. 색깔이 짙어 선글라스 너머 눈의 표정을 읽을 수가 없다. '너 다리 펴질 때까지 뛸래?' 이건 농담일까? 진담일까? 사실 이런 말이 내겐 가장 어렵다.

소리를 들을 수 없기 때문에 말의 뉘앙스를 알아챌 수가 없다. 선글라스는 '너 다리 펴질 때까지 뛸래?' 이 말을 웃음기를 담고 이야기했을까? 아니면 정색을 하고 말했을까? '농담과 진담'의 경계선은 늘 애매하고 구분하기 힘들다. 선글라스의 얼굴을 다시 쳐다보았다.

'진담일까?'

"오토바이."

"네."

"여기 글러브 가져가."

"네."

나는 어느새 글러브를 받아 들고 한종석 코치를 따라 나서고 있었다. 뭐에 단단히 홀린 게 틀림없다. 한 시간쯤 캐치볼을 시키더니 선글라스가 다시 나를 불렀다.

"오토바이."

"넵."

"오늘은 첫날이니까 여기까지 하지. 더그아웃에 앉아서 다른 선수들 하는 거 잘 봐."

"넵."

드디어 아이들의 실력을 감상할 수 있게 되었다. 야구의 신 원진이는 우익수였다. 한 코치가 공을 높이 쳤다. 원진이가 공을 잡기 위해 달려간다. 멋지게 뒤로 달려가며 팔을 번쩍 쳐든다. 그런데 공은 키를 넘기고 저만치 떨어진다. 원진이는 세 번 모두 공을 놓쳤다. 야구의 신이라고 하기엔 너무나 어설프다.

"샘. 원진이 야구 잘하지 않아요?"

"원진이가 잘해? 하하하."

주름 샘은 한참을 웃었다.

"뭐 원진이가 잘하는 것도 있지. 알까기."

"네?"

주름 샘이 비밀스럽게 말했다.

"원진이는 구멍이야."

"구멍이요?"

"그래. 그것도 아주 커다란 구멍."

원진이가 구멍이란 말이지? 내 입가에 슬그머니 미소가 돌았다.

"준석아, 잘 봐. 야구장에 구멍이 세 개 있어. 우익수 원진이 말고도 2루수 흙터 경진이도 구멍이고, 3루수 깜빡이 현배도 엄청 큰 구멍이야."

"구멍이 세 개나 있어요?"

"그래. 세 개. 아휴. 이 구멍들이 좀체 메워지질 않아."

3루수인 깜빡이 현배는 공을 잡아야 하는 순간 눈을 감았다.

2루수 경진이는 꼭 공이 지나가고 난 뒤에야 슬라이딩을 했다. 얘들 야구부 맞아? 매일 야구연습 한다며 폼 잡더니. 이게 뭐야?

"샘, 얘들 주전 맞아요?"

도저히 아이들 실력이 믿기지 않았다.

"물론 주전이지."

"얘들 야구한 지 얼마나 됐어요?"

"작년 여름부터 했으니까 1년 다 되어 가네."

"1년밖에 안 됐어요?"

"사실 얘들 작년에 아동보다 걸려서 야구를 시작했거든."

"아동요?"

"아니. 준석아. 선생님 입 잘 봐. 야. 동."

"야동요?"

"그래. 야한 동영상. 야동 보다 걸려서 벌로 야구장에 끌려왔어. 원진이는 처음에 야구 안 하겠다고 매일 울었어. 그래도 지금은 용 된 거야."

내가 담배를 피우다 걸려서 야구장에 끌려온 것처럼 이 녀석들은 야동을 보다 걸려서 주름 샘에게 끌려왔단 말이지? 갑자기 녀석들에게 묘한 동질감이 느껴진다.

야구반은 사실 야동반이다. 원진이도, 현배도, 야구부의 구멍들 모두 야동클럽 출신이다.

1년 전 충주성심학교를 떠들썩하게 한 일이 있었으니 바로 야동클럽 사건이다. 당시 중3이었던 녀석들은 모두 야동에 푹 빠져 있었다. 핸드폰에 야동을 저장해 두고 쉬는 시간이고 수업시간이고 정신없이 야동을 봤다. 청각장애인들에게 핸드폰은 의사소통을 위한 필수품이라 당시 학교 안에서도 핸드폰 소지를 허용하고 있었다고 한다. 그런데 야동을 보던 어리바리한 현배가 그만 주름 샘에게 딱 걸렸다.

"이 야동 어디서 났어?"

"친구."

"너한테 야동 보라고 준 친구가 누구야?"

물론 현배는 친구의 이름을 순순히 불었다. 고구마 줄기 뽑듯 야동을 본 아이들이 하나둘 주름 샘에게 걸려들었다. 아이들은 계속 다른 친구의 이름을 댔다. 결국 맨 처음 야동을 보여준 사람이 안경 원진이라는 사실까지 모두 드러났다. 그렇게 중학교 3학년 8명이 야동을 본 죄로 교무실로 끌려왔다.

"안경 원진이. 야동은 왜 봤어?"

"신기하다."

"볼똥똥이 의강인 왜 봤어?"

"가슴 궁금하다."

“깜빡이 현배는 야동 보니까 어땠어?”

“처음 보고 바로 푹 빠졌어요.”

야동에 쏠린 관심을 다른 곳으로 돌리려면 어떻게 하는 게 좋을지 선생님들은 회의에 회의를 거듭했다고 한다. 청각장애인들은 듣지 못하는 대신 영상에 더 민감하게 반응한다. 컴퓨터 게임이나 야동에 한번 빠지면 일반 사람들보다 더 깊이 빠지고 잘 헤어나지 못한다.

“땀을 흘리는 운동을 시키는 건 어떨까요?”

“아이들이 하루 종일 운동하고 픽 쓰러져 자면 야동 생각을 못하겠죠?”

“운동을 시킬 거면 야구 어때요? 우리 학교에 야구부 있잖아요.”

그즈음 교장수녀님은 야구부 인원을 늘려 달라고 매일 기도하고 계셨단다. 당시 야구부는 인원 부족으로 위기를 맞고 있었다. 교장수녀님의 기도가 통했는지 야동을 보다 걸린 8명은 줄줄이 야구장으로 끌려갔다. 1년 동안 야구를 하면 야동 본 걸 용서해 준다는 조건이었다.

밤 9시. 드디어 야구 연습이 끝났다. 아까 먹은 저녁은 어디로 갔는지 배가 고프다. 허기진 배를 움켜쥐고 기다시피 재활원 3층으로 올라갔다. 다른 생각은 할 수가 없다. 야동이고 예쁜 여학생이고 다 필요 없다. 그저 잠을 자고 싶을 뿐. 나는 그대로 이불 위로 쓰러졌다. 내 옆에 야동클럽도 함께 잠들었다.

길원이의 꿈

야구장에 가기 시작하면서 자꾸 눈길이 가는 녀석이 있다. 주황색 아대. 검은색 목폴라. 한낮 땡볕에 쪄 죽는 일이 있어도 운동복 아래에 긴팔 셔츠를 받쳐 입는 녀석.

바로 중학교 3학년 서길원이다.

얼굴수화가 귀염둥이인 녀석은 제법 잘생겼다. 키도 크지 않고 50킬로그램이 될까 싶을 정도로 빼빼 말랐지만, 운동장에서 구른 지 3년이라고 벗은 몸은 제법 다부지다. 오늘 녀석이 아이패치를 하고 나타났다. 아무리 한 달짜리 시한부 선수지만 패션 하면 결코 뒤질 수 없는 나는 아이패치에 급 관심이 갔다.

"그거 어디서 났어? 코치님이 주셨어?"

"코치님 아니. 샀어. 내가."

"어디서 샀는데?"

"히히. 테프. 테프."

내가 정말 못산다.

중학교 때 여자아이들이 쌍꺼풀을 만든다며 스카치테이프를 눈두덩이 위에 붙이는 거는 봤다. 그런데 녀석은 절연테이프로 아이패치를 만들었다. 귀염둥이 녀석. 야구장 오는 내내 버스 뒷자리에 앉아 뭔가 계속 꼼지락거리더니 이걸 만들고 있었나 보다. 그래도 다시 봤다. 얼마나 정교한지, 진짜 아이패치인 줄 알고 속아 넘어 간 사람이 한둘이 아니다.

길원이가 무릎을 구부리고 엎드려 있다. 좀체 일어나질 못한다. 녀석이 또 거길 맞았다.

"아파."

길원이의 얼굴이 통증 때문에 일그러진다. 녀석은 겨우 일어서더니 고통을 줄이기 위해 펄쩍펄쩍 뛰었다. 선글라스가 더그아웃으로 가더니 물건을 하나 꺼내 왔다. 포수용 낭심보호대다.

"귀염둥이. 이리 와. 이거 차고 해야지."

"싫어. 싫어."

귀염둥이 길원이가 기겁을 한다. TV도 하루 종일 야구 프로그램만 보고 야구와 관련된 것이라면 뭐든 좋아하는 길원이지만 녀석이 싫어하는 게 딱 하나 있다. 바로 낭심보호대다.

"아프잖아! 거기 보호하려면 이걸 해야지!"

길원이가 선글라스에게서 물건을 받아들고는 계속 만지작거리고만 있다.

"창피. 창피."

길원이가 계속 볼에 동그라미를 그린다. '창피하다'는 수화다. 낭심보호대는 바깥으로 차면 마치 바지 위에다 팬티를 덧입은 것 같다. 포수의 필수품이지만 좀 모양새가 빠진다.

"창피하지 않아. 얼른 입어."

선글라스의 재촉에 길원이가 마지못해 낭심보호대에 발을 끼운다. 꼭 도살장에 끌려가는 소 같다.

"어디보자. 귀염둥이 잘 어울리는데! 길원아. 다치기 전에 미리 미리 준비해서 보호해야지."

"흑흑."

"귀염둥이. 감독님이 왜 너를 포수 시켰지?"

"똑똑해서요. 히히."

헐. 겸손할 줄도 모른다.

"그래. 포수는 제일 똑똑한 사람이 하는 거야. 길원이 너는 충주성심 야구부의 에. 이. 스. 우리 팀 에이스야. 네가 다치면 우리 팀은 포수 없어서 경기 그만하고 집에 가야 해."

"에이스. 히히."

귀염둥이 서길원

에이스라는 말에 신이 난 길원이는 낭심보호대를 차고 포수석으로 날아간다. 정말 단순한 녀석이다. 길원이는 타격 연습을 할 때도 낭심보호대를 차고 나타났다. 한종석 코치가 어이없어 하며 웃는다.

"귀염둥이. 정말 낭심보호대 차고 연습할 거야?"

"하고 싶어요. 이거 끼고 슬라이딩."

결국 길원이는 낭심보호대를 차고 공격연습을 했다. 신이 난 길원이가 낭심보호대를 차고 1루로 진루한다. 2루, 3루까지 총알같이 도루를 한다.

오후 수업을 마친 서문은경 샘이 야구장에 왔다. 서문은경 샘의 얼굴수화는 꼬불머리다. 파마를 해서 꼬불머리란다. 서문 샘은 야구반인 고등학교 1학년 1반 담임이면서 야구부 매니저이기도 하다. 주름 박정석 샘과 함께 나름 중학생 야구코치도 겸하고 있다. 야구 실력은 모르겠지만 입으로 하는 야구는 누구에게도 뒤지지 않는다. 꼬불머리 서문 샘이 나타났으니 이제 나도 슬슬 퇴장해야겠다.

"꼬불머리 샘."

"준석 씨는 또 왜요?"

"주름 샘은 언제 와요?"

"박정석 선생님은 아직 중학교 수업 안 끝났어. 아마 3시 반 넘어야 오실 거야."

주름 샘과 꼬불머리 샘은 오후 수업을 끝내고 야구장으로 온다. 그때부터 저녁 9시 연습이 끝날 때까지 야구부와 함께 지낸다. 내가 튈 수 있는 시간은 주름 샘이 오기 전인 지금뿐이다.

"샘. 저 무릎이 아파서 오늘 연습 더 못하겠어요."

"준석 씨, 오늘도 땡땡이 치시려고요?"

"땡땡이라뇨? 무릎이 아프다니까요."

타격연습을 할 때는 괜찮은데 수비연습을 할 때면 무릎이 아파 왔다. 오토바이를 타다가 다친 자리가 욱신욱신 쑤신다.

"준석 씨는 왜 맨날 다리가 아플까요? 체격 좋은 준석 씨. 준석 씨는 왜 야구만 하면 무릎이 쑤실까요?"

꼬불머리 샘이 내 이름 뒤에다 '씨'자를 붙이면 조심해야 한다. 뒤이어 서문 샘이 하이킥을 날리려고 다리를 번쩍 든다.

"준석이 너 제대로 한 번 맞아 볼래?"

"샘, 저 꾀병 아니에요."

"그래? 그럼 침 맞으러 갈까?"

"침……요?"

"그래, 침."

"알았어요. 알았어. 연습, 할게요."

"준석 씨, 얌전히 연습하세요! 안 그럼 제 다리가 울어요."

꼬불머리 샘은 언제나 말보다 발이 먼저다. 내 담임이지만 정말 누가 데려갈지 걱정이다. 주름 샘은 찰거머리 작전으로, 꼬불머리 샘은 하이킥으로 양쪽에서 마크를 하니 야구장에서 도망가는 건 쉽지 않다.

할 수 없이 야구방망이를 들고 더그아웃을 나서는데 포수연습을 하고 있는 길원이가 눈에 들어왔다. 포수복을 입고 앉아 공을 온몸으로 막아내고 있다. 공에 대한 두려움을 극복하는 훈련이다.

한 코치가 공을 친다. 공이 길원이의 작은 가슴에 퍽 박힌다. 녀석은 눈도 깜짝 않고 몸으로 공을 다 받아 내고 있었다. 장난을 치던 귀염둥이의 모습은 이미 사라지고 없다. 굳게 다문 입술. 눈에서는 불길이 인다.

'진짜 아플 텐데…….'

사실 중3인 길원이는 아직 후보 선수다. 충주성심학교 야구부에는 22명의 선수가 있는데 고등학생이 15명. 중학생이 7명이다. 길원이를 포함해 중학생은 모두 후보 선수다. 길원이는 내년, 고등학생이 되어야 고교야구 시합에 정식으로 뛸 수 있다.

원래 길원이의 포지션은 유격수였다. 녀석의 날쌘 몸을 보면 유격수가 제격이다. 그런데 갑자기 포수자리에 공백이 생겨서 어쩔 수 없이 길원이가 포수를 맡게 된 것이다. 팀에서 가장 눈치 빠르고 야구를 잘하는 길원이 말고는 포수를 할 만한 선수가 달리 없었다. 내년 고교야구대회를 앞두고 길원이는 요즘 매일 포수 집중 훈련을 받고 있다.

"나 잘해."

길원이가 공을 맞으면서 외친다. 자식 진짜 특이하다.

"나 똑똑해."

이번엔 공이 제대로 길원이의 복부에 박혔다. 순간 길원이의 몸이 푹 하고 휜다. 하지만 곧 다시 허리를 세운다. 독한 놈이다.

길원이와 나는 재활원의 '노력하는 방'에서 함께 지낸다. 길원이가 목욕을 하고 나와서는 방바닥에 핸드폰을 놓고 수화를 시작한다. 가만 보니 영상통화중이다. 청각장애인은 주로 문자기능을 쓰지만 청각장애인들끼리 대화를 할 때는 수화로 영상통화를 하기도 한다.

"잉잉이잉."

길원이가 우는 시늉을 한다.

"나 아파. 옆구리 아파."

녀석이 옆구리를 까더니 전화기에다 댄다. 엄마에게 우는 소리를 하고 있다. 독기를 뿜으며 온몸으로 공을 막아내더니, 엄마 앞에서는 영락없는 응석받이다. 길원이네는 3대가 청각장애인이다. 길원이의 엄마도, 아빠도, 외할머니도 청각장애인이다. 길원이의 청력은 100데시벨. 나와 같은 심도난청이다.

"귀염둥이. 많이 아파?"

"아파. 잉잉."

또 눈물 흘리는 시늉을 한다.

"아픈데 왜 야구해?"

"좋아. 야구 좋아."

나는 핸드폰을 꺼내 길원이에게 문자를 쳤다. 아직까지 긴 대화를 하기에는 수화가 달린다.

✉ 너도 야동 보다 걸려서 야구해?

"안 봐! 안 봐! 야동 안 봐."

길원이가 정색을 하더니 손을 내젓는다.

✉ 그럼 왜 야구 시작했어?

"인하 야구하는 거 보고. 부럽다."

"인하? 투수?"

"응. 중1. 인하 야구 보고 나 하고 싶다."

길원이는 말을 할 때 조사를 빼먹는다. 시제도 과거와 미래를 쓰지 않고 주로 현재형만 쓴다. 어순도 중요한 단어를 먼저 쓰기 때문에 나에게는 뒤죽박죽처럼 느껴진다. 수화의 특징이다. 청각장애인들은 글도 수화처럼 써서 처음에는 읽기가 쉽지 않았다.

야구는 해서 뭐해?

"프로야구선수 되고 싶다."

자식. 꿈도 야무지다.

프로야구선수? 못 듣는데 프로야구선수가 되는 건 불가능한 거 아냐?

마치 내가 들을 수 있는 사람인 것처럼 정색을 하고 물었다.

"할 수 있다."

네가 그렇게 생각해도, 누가 우리를 프로로 써 주겠니?

길원이는
대한민국 최초의 청각장애인
프로야구선수가 되고 싶어 한다.

"있어."

우리나라에 청각장애인 프로야구선수가 있어?

나는 깜짝 놀라 되물었다.

"아니. 미국."

길원이의 꿈은 한국 최초의 청각장애인 프로야구선수가 되는 것이라고 했다. 중1 때 야구를 시작한 이후 지금까지 길원이는 그 꿈을 향해 달려 왔다.

"불가능하지 않아. 열심히 노력하면 한국 최초 청각장애인 프로야구선수 될 수 있다."

길원이는 자신의 꿈이 불가능하지 않다고 말한다. 끌려와서 억지로 야구를 시작한 야동클럽과는 달리, 길원이는 정말 야구가 좋아서 하고 있다.

나에게도 꿈이 있었던가? 내가 듣지 못한다는 것을 안 이후, 꿈. 그런 건 생각해 보지도 않았다. 무언가가 되고 싶다는 생각 따위, 한 적도 없다. 그런데 나처럼 듣지 못하는 녀석이 프로야구선수라는 흔들리지 않는 꿈을 안고 야구를 하고 있다. 정말 길원이는 꿈을 이룰 수 있을까? 청각장애인이 프로야구선수가 된다는 것이 가능한 꿈일까?

수화상식

창피하다

오른손의 1지와 5지 끝을 맞대어 동그라미를 만들어 세워 등을 오른쪽 볼에 두 번 댔다 뗍니다.

(출처: 한국수화사전)

공포의 집중수비훈련

주름 박정석 샘이 야구복을 주고 갔다. 등번호 22번이다. 한 달 동안만 연습할 거라 대충 입으면 된다고 해도 기어이 검은색 점퍼까지 챙겨 주었다. 나름 야구복이 잘 어울린다. 야구모자를 쓰면 머리가 눌리는 게 맘에 안 들지만 말이다. 야구를 시작하고 나서 아침마다 드라이하는 시간이 배로 늘었다.

"와아아! 준석이 잘 친다."

"와우. 준석이 진짜 타격에 소질 있네."

타격하는 모습을 지켜보던 주름 샘이 칭찬을 해 댄다.

'샘. 나도 잘하는 거 아니까 그만 좀 해요.'

칭찬이라는 걸 워낙 오랜만에 들어 보니 좀 낯간지럽다.

"어때? 야구 재밌지?"

"뭐, 공치는 건 괜찮네요."

타격은 은근히 중독성이 있었다. 공을 받아칠 때 짜릿한 맛이 있다. 잘만 하면 안타도 칠 것 같다. 머신기를 상대로 하는 타격연습도 좋았다.

"준석아. 이왕 시작한 거 야구 1년만 해 봐라."

"네? 1년이요?"

나는 화들짝 놀랐다. 한 달만 하라더니 은근슬쩍 1년으로 늘어났다. 주름 샘은 역시 잘거머리다.

"그래, 1년. 1년 하면 주전도 되고, 정식 시합에 나가서 안타도 칠 수 있어."

"샘. 왜 이래요? 약속은 한 달이에요. 한 달!"

정신 바짝 차려야지. 1년 동안 야구 시킬 작정을 하고 야구복을 준 게 분명하다. 야구복을 벗어서 주름 샘에게 돌려줘야 할 것 같다.

"오토바이."

"네, 감독님."

"외야 수비 해 봐!"

선글라스가 오더니 외야 수비연습을 시켰다. 외야는 생각보다 어려웠다. 공이 떨어지는 지점을 알아채는 건 쉽지 않았다. 보통 외야수들은 배트에 공이 딱 하고 맞는 순간, 소리를 듣고

등번호 22번
야구복을 받은 나

직감적으로 떨어지는 지점을 예측한다고 한다. 하지만 우리는 소리를 들을 수 없으니 공이 뜬 걸 보고 나서야 방향을 잡고 뛰기 시작한다. 한 템포 늦게 수비를 시작할 수밖에 없다. 선글라스가 외야를 향해 공을 친다. 공을 따라간다. 펄쩍 뛰어 보지만 공은 내 뒤로 떨어진다. 이거 완전 안경 원진이 폼이다. 아, 쪽팔려. 돌아보니 원진이가 나를 보며 히죽 웃는다.

'어때? 너도 해 보니 어렵지?'

뭐 이런 뜻일 거다.

"오토바이."

"네."

"제대로 안 할래?"

선글라스 형님. 저 나름대로 열심히 뛰고 있거든요.

"전력을 다해서 뛰어. 무조건 잡아야 해."

잡고 싶지만 몸은 마음처럼 움직여 주지 않는다.

"오토바이, 이리 와."

운동장을 가로질러 뛰어가는데 선글라스가 한종석 코치를 부른다.

"한 코치. 공 가져와."

한 코치가 공을 박스째 들고 온다. 말로만 듣던 공포의 집중 수비훈련이다.

"자, 지금부터 떨어뜨리지 않고 열 개를 다 받는다."

선글라스는 바로 앞에서 공을 여러 방향으로 마구 쳐 대기 시작했다.

"하나. 둘. 윽."

"다시."

두세 개를 받고 나면 스텝이 꼬여서 공을 쫓아갈 수가 없다. 다리가 후들거리기 시작했다. 공을 떨어뜨리지 않고 연이어 열 개를 받아 내는 건 불가능한 것 같았다.

"오토바이."

"네."

"내야 뒤엔 누가 있지?"

"외야요."

"외야 뒤엔 누가 있지?"

"아무도 없어요."

"그래. 아무도 없어. 외야가 공을 놓치면 바로 대량실점이야. 그러니까 외야수는 무조건 공을 받아야 해."

"한 코치. 한 박스 더."

다시 선글라스가 공을 친다. 다리가 벌벌 떨려 맘대로 움직일 수가 없다.

"감독님. 힘들어요."

자존심이고 뭐고 선글라스의 바지를 붙잡고 빌고 싶었다.

'살려 주세요!'

애원하며 무릎이라도 꿇고 싶었다.

"헉. 헉. 헉."

"오토바이."

"네. 헉헉."

"공 세."

"하나. 헉. 둘. 헉. 셋. 으. 넷. 헉."

"다시."

넘어지고 굴러 옷은 이미 오래전에 흙 범벅이 되었다. 그런데 어느 순간 오기가 생겼다.

'그래, 좋아. 열 개. 내가 다 잡아 준다. 선글라스, 넌 죽었어.'

선글라스의 얼굴이 보이지 않는다. 공만 보인다. 오직 공만 눈으로 쫓았다.

"하나. 둘. ……. 일곱. 여덟. 아홉. 열!"

"좋아."

선글라스가 주먹을 쥐더니 코에다 갖다 댔다. '좋다'라는 수화다.

"자, 다시 외야로 가. 잡을 수 있다고 생각해라. 아니 꼭 잡아야 한다. 못 잡으면 여기 와서 처음부터 다시. 다시 집중수비연습한다."

외야로 달려갔다. 선글라스가 공을 친다. 나는 전력을 다해서 뛰었다. 시원한 바람이 가슴을 가르며 지나간다. 번쩍 뛰는데 글러브에 묵직함이 느껴졌다. 잡아냈다.

"좋아. 쉬어."

그대로 쓰러져 누웠다. 세상이 빙빙 돈다. 죽을 것처럼 숨이 가쁘다. 왜 이렇게 힘든 야구를 하는 걸까? 운동장 여기저기에서 연습하는 녀석들이 새삼 대단해 보였다. 야동 때문에 시작했다지만 여태 버티고 있는 녀석들이 신기했다.

"물 마셔."

주름 샘이 생수통 몇 개를 들고 왔다. 나는 두 통을 앉은 자리에서 벌컥벌컥 다 마셨다. 머리부터 발끝까지 온몸에 땀이 비 오듯 한다.

"힘들지?"

"죽을 것 같아요."

"닦아."

주름 샘이 내게 수건을 건네준다. 시원한 얼음수건이다.

"고맙습니다."

나는 얼굴을 닦아 냈다. 차가운 기운이 뼛속까지 스며든다.

흙먼지 때문에 수건이 누렇게 변했다.

"근데 샘. 힘들게 야구는 왜 해요?"

"1승 하려고."

"애걔. 겨우 1승 하려고요?"

"준석아, 1승 힘들어. 정식 고교야구 시합에서 1승을 하는 게 우리 목표야."

목표 한번 참 겸손하다. 대회 우승도 아니고 1승이라니.

"야구부 생긴 게 언젠데 아직도 1승 한 번 못했어요?"

"2002년에 생겼으니까 올해로 8년이 되네. 8년 동안 사회인 팀과 시합하거나 농아인대회에 나갔을 때는 여러 번 이겼어. 근데 정식 고교시합에서는 단 한 번도 이긴 적이 없어."

주름 샘은 아쉬운 듯 한숨을 쉬었다. 참 나. 8년 동안 단 한 번도 1승을 못했단다. 충주성심학교 야구부. 대단한 팀 맞다.

"샘. 1승이 그렇게 하고 싶어요?"

"그래. 1승 꼭 하고 싶어."

"근데 듣지 못하는 데 1승 할 수 있어요? 일반고교팀을 어떻게 이겨요?"

"열심히 하면 가능하지 않을까?"

주름 샘은 1승에 목숨을 걸었다. 그리고 8년이 지났다. 정말 듣지 못하는 청각장애인 야구팀이 일반고교 야구팀을 상대로 이길 수 있을까? 나는 고개를 절레절레 흔들었다. 승산 없는 게임은 처음부터 시작하지 않는 게 맞다. 주름 샘은 빨리 꿈에서 깨어나야 한다. 나는 다시 운동장에 드러누웠다. 온몸이 안 아픈 데가 없다. 집중훈련 두 번 했다가는 자리 깔고 평생 누워 지내야 할 것 같다.

수화상식

좋아!(좋다)

오른 주먹을 코에 1지와 5지 옆면이 닿게 댑니다.

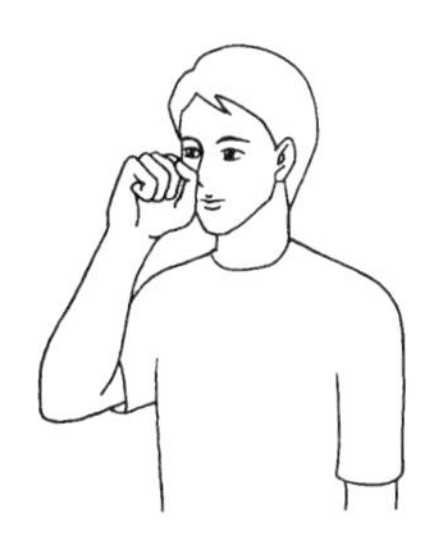

(출처: 한국수화사전)

주장이 되고 싶다

야구를 시작하고 어느덧 해가 바뀌었다. 주름 샘의 예언대로 나는 주전 선수가 되었다. 포지션은 좌익수. 구멍 원진이가 우익수 주전이니 1년도 안 된 내가 좌익수를 맡은 게 충주성심 야구부에서는 크게 이상한 일도 아니다.

새해가 되면서 2학년이 된 나와 야동클럽에게 적지 않은 부담이 생겼다. 고2 중 누군가가 팀의 주장을 맡아야 했다. 우리 한 해 위인 고3 중에는 야구선수가 없기 때문에 우리가 야구부의 최고참이 된 것이다.

"볼똥똥이 의강이도 주장을 한 달 해 봤고, 흉터 경진이도 한 달 했잖아. 돌아가면서 고2가 한 달씩, 한 달씩 주장을 해 보고 그중에서 주장을 뽑을 거야. 그러니까 이번엔 준석이가 주장을 한번 해 봐."

덥석 한 달 동안 주장을 한다고 했다가는 주름 샘에게 완전히 코를 꿸지 모른다. 졸업 때까지 야구부를 해야 할 수도 있다. 나는 정신을 바짝 차렸다.

"싫어요."

"왜 싫어?"

"저 남 앞에 나서는 거 싫어해요."

"너 삥 뜯을 땐 남 앞에 잘 나섰잖아."

"선생님!"

나는 눈을 치켜떴다.

"농담이야, 준석아. 무섭다. 눈에 힘주지 마라. 딱 한 달만 하는 거야. 한번 해 봐."

딱 한 달. 이거 어디서 많이 듣던 소리다. 딱 한 달에 코 꿰여서 1년째 야구를 하고 있는 사람이 바로 나다.

"주장되면 애들 막 시켜 먹어도 돼요?"

"야, 이 짜쓱아. 또 또 삐딱선 탄다. 주장은 모범이 되어야지."

"주장되면 청소도 시키고, 좀 편하게 애들을 부려 먹을 수 있어야죠. 안 그럼 재미없죠."

"하긴 너 주장되면 애들 팰까 무섭긴 하다. 주장은 지각도 하면 안 되고 마무리도 끝까지 해야 해."

“그 딴 주장을 왜 해요?”

결국 나는 한 달짜리 주장이 되었다. 주름 샘의 찰거머리 작전은 도저히 이길 수가 없다. 1년 동안만 야구를 하기로 했던 야동클럽 멤버들도 주름 샘의 찰거머리 작전에 넘어가 결국 나처럼 야구를 계속하고 있다.

버스를 타고 가서 충주야구장에 내리면 그때부터 주장의 임무가 시작된다. 아이들 앞에 서서 구령을 붙이고 체조를 시킨다. 선글라스가 본격적인 연습을 시작하기 전까지의 시간이 주장의 몫이다.

“자. 다함께 파이팅 하자.”

“…….”

“목소리 내.”

나는 손가락 두 개를 목에 댔다가 앞으로 당겼다. 소리를 내라는 수화다.

“다시.”

“아이. 아이. 아이. 파이팅.”

듣지 못하는 우리는 목소리를 낼 때 늘 조심스럽다. 이상한 소리를 낼까 봐 일반인들 앞에서는 아예 목소리를 내지 않는 아이들도 많다.

"자신 있게 크게 소리 쳐. 맘껏 소리 질러! 운동장엔 우리뿐이야."

들을 수는 없지만 우리는 운동장에서 마음껏 소리를 지른다. 청각장애인 야구부의 연습 시간이니 조용할 거라고 생각한다면 정말 오해다. 우리는 무척 시끄럽다.

주장이 되고 나니 게으름을 피우는 녀석들이 한눈에 보였다. 살을 빼려고 야구를 시작했지만 야구는 설렁설렁하고 늘 청소만 하려는 녀석도 보였다. 방망이를 500번 다 휘두르지 않고 슬쩍 열 개짜리 금을 긋는 원진이도 보였다. 예전엔 미처 몰랐던 모습들이 눈에 들어왔다.

학교에는 후원금을 내거나 배트며 운동용품을 전달해 주기 위해 후원자들이 자주 찾아온다. 후원자들이 방문할 때마다 감사의 인사를 하는 것도 주장의 임무다.

"모두 인사."

"안녕하세요!"

단체 인사를 하고 나면, 주장인 내가 대표로 감사의 말을 전한다.

"오늘 주신 배트 감사합니다. 열심히 연습해서 꼭 1승 하겠습니다."

"준석이 말 잘하네."

한 달짜리 주장이 된 나

우리는 운동장에서 무척 시끄럽다

"주장 잘생겼다!"

사람들 앞에서 인사를 할 때마다 기분이 묘했다. 사람들 앞에 나서는 것. 나를 드러내는 것. 처음 해 보는 일이다.

"차렷. 인사."

"감사합니다."

내가 서 있을 자리는 언제나 맨 뒤라고 생각해 왔다. 그런데 사람들 앞에 서 있는 내가 싫지 않다. 나로서는 놀라운 변화다. 투명인간처럼 살아온 내가, 몸을 가진 인간이 되어 스스로 움직이고 있었다.

한 달이 지난 뒤.

나는 주장을 계속하는 것도 나쁘지 않겠다는 생각이 들었다. 주름 샘을 만나러 야구부실로 들어섰다. 심호흡을 하고 주름 샘 앞에 섰다.

"선생님. 저, 주장하고 싶습니다."

무언가를 해 보고 싶다는 이야기를 꺼낸 건 내 인생에서 처음 있는 일이다. 주름 샘이 의외라는 듯이 나를 바라보았다.

"너 야구하기 싫다며?"

"솔직히 야구는 잘 모르겠는데 주장은 하고 싶어요."

"준석아. 왜 주장이 하고 싶은데?"

“그냥. 사람들 앞에서 인사하고. 그러는 게 좋아요.”

“와하하!”

갑자기 주름 샘이 웃음을 터뜨렸다.

“홍준석. 너 사람들 앞에서 인사하려고 주장하겠다는 거야?”

그렇다고 웃을 건 또 뭐람. 민망하게. 정말 큰 맘 먹고 꺼낸 얘긴데. 좀 더 그럴듯한 이유를 댈걸 그랬나?

“선생님도 놀라긴 했어. 네가 주장을 이렇게까지 잘할 줄 몰랐거든. 한 달도 다 못 채우고 ‘엄마 나 데려가요.’ 하며 도망갈 줄 알았어. 준석이 주장 정말 잘했어.”

“감사합니다.”

“준석아. 선생님 생각에, 네가 오토바이 타고 다니면서 말썽부리고 한 것도 어쩌면 너 자신을 못 찾아서 그런 건지도 몰라. 사실 준석이 안에는 다른 사람보다 더 잘나고 싶고, 앞에 나서고 싶고, 뭐 그런 열망들이 가득 차 있는 거지. 리더로 살고 싶은 마음 말이야. 근데 그런 열망들을 표현할 수 없으니까 준석이가 주먹으로, 주먹으로 너의 존재감을 알렸던 걸 거야. 네 안에 있는 열망. 타오르는 분노. 이런 거 다 앞으로 야구하는 데 써.”

“열심히 하겠습니다.”

“주장 문제는 감독님하고 한번 상의해 볼게.”

주름 샘은 나에게 리더로 살고 싶은 욕망이 있다고 했다. 정말 나는 리더로 살고 싶은 걸까? 중학교 시절, 불쑥불쑥 가슴 저 밑에서 한 번씩 끓어오르던 분노의 정체가 그것 때문이었을까? 인정받고 싶은데 그러지 못했던 현실이 날 그토록 힘들게 했던 걸까?

며칠 후. 주름 샘이 나를 더그아웃으로 불렀다.

"준석이 너, 주장 하면 절대 후배를 괴롭히면 안 돼! 할 수 있겠어?"

"네. 노력하겠습니다."

"감독님한테 대들면 안 돼."

"네."

"주장이 불평하면 야구부 분위기가 엉망이 되거든."

"감독님 말씀 잘 따르겠습니다."

"그리고 이건 아주 중요한 거야. 주장이 중간에 그만두면 안 돼. 주장이 되면 야구는 반드시 고3 졸업할 때까지 해야 해."

나는 깊게 숨을 들이마셨다. 주장을 하겠다고 말하기까지 가장 고민했던 부분이다. 주장을 하면 야구를 2년 더 해야 한다.

"야구. 졸업 때까지 하겠습니다."

"좋아. 감독님도 한 말씀하시죠."

선글라스가 큰 몸을 일으키더니 나를 보았다.

"오토바이. 너 안타 칠 수 있겠어?"

"물론입니다, 감독님."

"1승은? 할 수 있겠어?"

"1승. 꼭 하겠습니다."

선글라스의 입가가 올라간다.

"좋아, 오토바이. 오늘부터 네가 주장이다."

선글라스는 내게 등번호 1번 야구복을 입혀 주었다.

"주장은 1번이야. 1번. 오토바이, 실력도 1번이 되도록 해, 알았나?"

"네."

야구를 시작한 지 9개월 만에 나는 충주성심학교 야구부의 주장이 되었다. 주장으로 앞으로 2년 동안 충주성심학교 야구부를 이끌고 1승의 꿈을 이루기 위해 최선을 다하겠다고 선글라스와 주름 샘에게 약속했다.

"10분간 휴식."

아이들이 물통 앞으로 와르르 모여든다. 모두 벌컥벌컥 물을 마신다. 귀염둥이 길원이는 컵이 안 보이자, 아예 물통에다 목을 들이밀고 있다.

"야, 야. 이 녀석들 봐라. 똥물에도 순서가 있는데 너희들 입만 입이냐?"

선글라스가 혀를 찬다. 나는 얼른 컵을 구해 물을 가득 채웠다.

"감독님. 물 드세요."

깍듯하게 허리를 90도로 숙이며 선글라스 앞으로 컵을 내밀었다.

"오토바이, 자세 좋은데!"

선글라스가 흐뭇해하며 웃는다. 이제 난 선글라스가 죽으라면 죽는 시늉도 해야 하는 주장의 몸이다.

"근데 오토바이. 너 그냥 후보 해야겠다."

"후보요?"

아니 그게 무슨 소립니까? 주장에게 후보를 하라니요? 뻔대안 나게 시리.

"오토바이, 너 안타도 못 쳐. 수비도 못 해. 그래 가지고 주전으로 뛰겠어?"

이제 보인다. 이런 말을 할 때 선글라스는 입 꼬리를 살짝 올린다. 농담이다.

"잘할 수 있습니다."

나도 입 꼬리를 슬쩍 올리며 대답했다.

"뭘 잘해?"

"외야 수비요."

"안타는?"

"네. 열심히 연습해서 안타 꼭 치겠습니다."

"전국대회에서 몇 개 칠래?"

"두 개 치겠습니다."

"두 개. 약속했다!"

"네."

"좋아."

선글라스가 주먹으로 돼지코를 만든다. 그래. 내가 안타 친다. 지금부터 죽어라 연습해서 안타, 그거 꼭 친다. 충주성심야구부의 역사적인 1승. 주장인 내 손으로, 그것도 올해에, 기필코 해내고 만다.

교장수녀님의 분노

전국대회 시작이 모레로 다가왔다. 야구부 버스를 타러 가는데, 교장수녀님이 큰 박스를 안고 낑낑대며 옮기고 있다.

"교장수녀님, 이리 주세요."

나는 얼른 박스를 받아들었다. 묵직했다.

"준석이구나. 고마워."

교장수녀님이 활짝 웃으신다. 이렇게 웃으실 땐 장명희 교장수녀님은 아예 눈이 없어진다. 교장수녀님이 요즘 나를 대견하게 생각한다는 걸 안다. 나를 마치 돌아온 탕아로 여기는 것 같다.

"교장수녀님, 또 앵벌이했어요?"

"그래 이놈아. 너희들 전국대회 나가기 전에 먹이려고 돼지고기 앵벌이 좀 해 왔다!"

"돼지고기요? 맛있겠다! 고기 먹고 싶었어요."

앵벌이 하면 교장수녀님이다. 어떤 때는 감자를, 어떤 때는 옥수수를 잔뜩 앵벌이 해 오신다. 오늘은 돼지고기다. 앵벌이 해 온 돼지고기를 지하 가사실로 옮겼다.

교장수녀님은 가사실로 들어서자마자 밑단과 어깨끈 부분에 크림색 프릴이 달린 파란 줄무늬 앞치마를 꺼내 입으셨다. 수녀복만큼이나 교장수녀님에게 잘 어울린다. 올해가 환갑이시라지만 이럴 땐 꼭 소녀 같다.

"교장수녀님, 오늘 고기 많이 주셔야 해요!"

"그래. 오늘은 넉넉하게 15킬로나 준비했어. 염려 말고 연습이나 잘하고 와."

나는 야구장으로 가는 버스 안에서 아이들에게 오늘 저녁 메뉴를 살짝 귀띔해 주었다.

"돼지!"

"돼지고기? 교장수녀님?"

"와!!"

아이들이 환호성을 질렀다. 교장수녀님의 요리 중에서 돼지주물럭은 가장 인기 있는 메뉴다. 오늘 저녁엔 특제양념으로 빨갛게 재운 교장수녀님의 돼지주물럭을 마음껏 먹을 수 있을 것이다.

충주야구장은 어제 온 비로 난리가 났다. 전국대회를 앞두고 마지막 수비연습을 해야 하는데 운동장 곳곳이 물웅덩이다.

"오늘 내일은 수비연습 꼭 해야 하는데 큰일 났네요."

선글라스가 한숨을 쉰다.

"그러게요. 우리 애들은 하루 이틀만 수비연습 안 해도 다 잊어 먹잖아요."

주름 샘이 난감해하며 물웅덩이를 바라본다. 충주야구장은 쓰레기 매립장 위에 지어져서 비가 오면 배수가 안 된다. 흙을 조금만 파도 쓰레기 봉지가 잡힌다.

"설마 방법이 없겠어요? 타격연습 하는 동안 제가 운동장을 좀 다져 보겠습니다."

주름 샘이 창고에서 써레를 꺼내 들고 왔다. 주장으로서 가만있을 수가 없다.

"선생님, 저도 도울게요."

"아냐. 너는 가서 연습하고 후보선수들 불러 모아라."

중학생 후보 선수들이 쓰레받기로 물을 퍼내면 주름 샘이 써레를 끌어 물웅덩이를 메웠다. 얼마 안 가 주름 샘의 신발과 바지가 진흙투성이가 되었다. 신발에는 질퍽질퍽 진흙덩이가 달라붙어 걸음도 제대로 옮기지 못하고 있다. 갑자기 주름 샘이 짠해졌다.

써레로 물웅덩이를
메우는 주름 샘

박정석 선생님

'돈 벌어서 인조구장 하나 지어 주고 싶네.'

지난겨울에는 눈을 치우느라 그 난리더니 봄이 오니 이번엔 비 때문에 이 야단이다. 다른 고등학교는 전용구장이 있고 대부분 인조구장이라 비만 그치면 바로 연습을 할 수 있다. 없는 실력에 운동장까지 이 모양이니 선글라스의 신경이 오늘 무척 날카롭다.

"안경. 너 후보 가고 싶어?"

"아뇨."

"공을 맞춰야지, 공을. 계속 그렇게 공 세고 있으면 후보, 후보 가야 해!"

계속 헛스윙을 하던 안경 원진이가 선글라스에게 단단히 걸렸다. 이번엔 제2투수 용우가 혼이 난다. 투수라고는 달랑 인하 하나뿐이라 용우를 빨리 제2투수로 만들어야 하는데 도통 실력이 늘지 않는다. 경기 중 5회가 넘어가면 어쩌면 충주성심학교 야구부는 투수가 없어서 시합을 중단해야 할지도 모른다.

"용우야. 지금 너 저 선수 치라고 공 던져 주는 거야? 못 치게 해야지. 무섭게 해야지."

겁쟁이 용우는 몸 쪽으로 공을 못 던진다. 사실 용우는 겁쟁이라기보다 너무 착해서 탈이다. 혹시라도 상대 타자가 공에 맞을까 걱정이 돼서 몸 쪽 공을 던져야 할 때면 자기도 모르게 슬쩍 빼 버린다.

"용우, 이 새색시 같은 놈아. 타자 맞춰도 돼. 몸에 맞는 공 줘도 된다고!"

선글라스가 한숨을 푹 쉰다. 시합이 내일 모렌데, 투수는 인하 하나뿐이고, 안타를 기대해 볼 녀석은 단 둘, 길원이와 인하뿐이다. 길원이와 인하는 고등학생이 되어 올해부터 전국대회에 출전한다. 우리 팀에 길원이와 인하 같은 녀석이 몇 명만 더 있었다면 선글라스도 시합할 기분이 날 텐데……. 오늘따라 선글라스가 왠지 안돼 보인다.

저녁 여섯 시. 슬라이딩을 하느라 온통 진흙투성이가 된 야구복을 벗어 던지고 샤워를 했다. 한달음에 지하 가사실로 달려갔다. 매콤한 양념 냄새에 군침이 돈다. 교장수녀님이 커다란 솥단지를 두 개나 걸어 놓고 돼지주물럭을 볶고 있다. 윤기가 자르르 흐르는 게 무지 먹음직스러워 보인다. 입에 침이 고인다. 교장수녀님이 한 접시 가득 돼지주물럭을 담아 주셨다.

"준석아, 많이 먹어."

"감사합니다."

내 자리로 가면서 작은 덩이 하나를 집어서 입에 넣었다. 적당히 매콤하면서도 깔끔한 맛. 교장수녀님의 돼지주물럭 맛은 정말 끝내준다.

“길원아, 많이 먹고 살 좀 쪄.”

길원이에게는 고기를 한 국자 더 떠 준다. 에이스지만 아직 몸무게가 50킬로도 안 나가는 길원이가 교장수녀님은 늘 걱정이다.

“길원아. 너는 전국에서 제일 빼빼 마른 포수야. 많이 먹고 힘 내.”

“네. 잘 먹겠습니다.”

길원이를 살찌게 하려고 교장수녀님은 가끔 보약도 앵벌이해 온다. 에이스 길원이를 향한 교장수녀님의 애정은 대단하다. 나는 돼지주물럭을 한 그릇 더 받으러 갔다.

“교장 수녀님, 여기 뭐 넣었어요?”

“비밀소스. 왜? 맛있어?”

“너무 맛있어요! 돼지 냄새 하나도 안 나요.”

“그래? 사과와 양파를 듬뿍 갈아 넣었지. 그리고 이건 비밀인데 준석이 너만 알아. 내가 담근 매실소스를 넣었어. 그게 맛의 비밀이야.”

“아! 매실소스! 최고!”

나는 엄지손가락을 치켜들었다. 교장수녀님도 엄지손가락을 들어 보이며 환하게 웃는다. 박상수 감독님과 박정석 샘 그리고 서문은경 샘. 이 세 사람이 충주성심학교 야구부의 삼두마차라면, 장명희 교장수녀님은 삼두마차를 모는 마부다. 하지만 교장수녀님이 처음부터 야구부를 위해 발 벗고 나선 건 아니라고 한다.

4년 전. 장명희 교장수녀님은 야구부를 해체하라는 미션을 받고 이 학교에 부임했다. 당시만 해도 충주성심학교 야구부는 학교 안팎에서 곱지 않은 시선을 받고 있었다.

"도대체 그 야구부는 왜 맨날 지는 거야?"

야구가 몇 명이 하는 건지, 몇 회까지 하는 건지, 야구의 '야' 자도 모르던 교장수녀님은, 해체할 때 하더라도 그놈의 야구부 실력을 직접 두 눈으로 봐야겠다고 마음먹었다. 그리고 야구장을 찾았다. 교장수녀님이 태어나 처음 본 야구 경기였다.

그날의 시합 결과는 21 대 1. 물론 졌다. 교장수녀님은 크게 분노했다. 엄청난 점수 차이로 졌기 때문이 아니었다. 당시 선수들의 태도 때문이었다. 지고도 분해하거나 부끄러워하기는 커녕, '우리가 그렇지 뭐.' 하며 패배를 당연하게 여기는 아이들을 교장 수녀님은 이해할 수 없었다.

"지들이 사람이면 졌을 때는 부끄러워할 줄 알아야지!"

그날 교장수녀님을 분노케 한 것이 또 있었다. 경기가 끝난

돼지주물럭을
만들고 있는

장명희 교장수녀님

후 가난한 충주성심 야구부는 오천 원짜리 김치찌개를 먹으러 가는 길이었다. 그런데 상대팀 부모님이 "야. 우리 고기 먹으러 가자!" 하며 자기네 선수들을 우르르 몰고 나간 것이다. 그 모습에 교장수녀님은 그만 울컥하고 말았다.

충주성심학교 아이들은 약 80퍼센트가 결손가정이나 생활보호대상 가정 출신이고, 약 30퍼센트는 청각장애인 부모님을 두고 있다. 애초부터 자기 돈을 내고 야구를 한다는 건 불가능했다. 거하게 고기를 사 줄 수 있는 돈 많은 부모님도 없었다.

'우리 아이들에게 점심 사 줄 부모가 없으면 내가 하자. 내가 아이들을 먹이자.'

교장수녀님은 그날 두 주먹을 불끈 쥐고 야구부를 살리기로 결심했다. 야구부 아이들에게 이기는 게 무엇인지, 승리가 얼마나 짜릿한 선물인지 꼭 알려 주겠다고 마음먹었다.

'내가 성심에 있는 동안 꼭 1승 하는 걸 보고 말 테다.'

교장수녀님은 앞치마를 두르고 직접 요리를 하기 시작했다. 야구부를 해체하려 했던 교장수녀님은 오히려 전폭적인 지원자가 되었다. 그리고 야구부를 재편했다.

야구부 창단멤버였던 박정석 샘을 다시 야구부장으로 모셔왔고 서문은경 샘을 야구부 매니저로 영입했다. 야구부를 살리기로 결정하자 배트 한 자루, 양말 한 켤레까지, 모든 재정은 교장수녀님의 책임이 되었다. 후원자를 모집하기 위해 교장수녀님이 직접 앵벌이를 나섰다. 충주성심학교에 부임하기 전 교장수녀님은 20년 동안 성서강의를 하며 전국에 이름을 날렸다고 한다. 교장수녀님의 앵벌이는 주로 그때 길러 낸 제자들의 목을 비트는 것이다.

오늘도 교장수녀님의 앵벌이 덕분에 야구부는 든든하게 배를 채웠다.

"준석아. 올해는 왠지 1승 할 것 같아. 예감이 좋아!"

교장수녀님이 또 눈이 안 보이게 웃는다.

"준석아. 1승, 할 수 있지?"

나는 씹던 고기를 꿀꺽 삼켰다.

"교장수녀님. 꼭 1승 할게요."

전국대회에서 1승을 해야 할 이유가 하나 더 늘었다.

수화상식

돼지

오른손의 1지와 5지의 끝을 맞대어 동그라미를 만들고, 손바닥이 밖으로 향하게 하여 코앞에서 왼쪽으로 두 바퀴 돌립니다.

고기

오른손의 1지와 5지로 왼손 등을 살짝 잡습니다.

(출처: 한국수화사전)

전국고교야구대회

2011년 4월 3일.

오늘은 전국 최강인 천안북일고와 경기를 하는 날이다. 고교야구 주말리그가 시작되고 두 번째 경기다. 아침 8시. 야구부 버스를 탔다. 고교야구 최강팀이 오늘의 상대라는 부담 때문에 우리는 숨조차 제대로 쉬지 못하고 있었다.

"오늘 잘할 수 있습니까?"

주름 박정석 샘이 구화와 수화로 인사를 시작한다.

"네."

"소리가 작다. 이래서야 오늘 시합 이기겠습니까? 더 크게. 오늘 잘할 수 있습니까?"

"네에!"

대답은 해 보지만 모두 버썩 얼어 있다.

충주성심학교 야구부

드디어
전국무대에
서다.

"오늘 시합하는 팀은 천안북일이야. 천안북일은 전국에서 제일. 제일 잘하는 팀 중 하나야. 우리는?"

"꼴찌!"

"그래, 우리는 꼴찌야. 53개 팀 중에서 53위야. 그렇지만 강팀이라고 해서 '아, 무서워' 하며 더 긴장할 필요 없어. 겁먹지 말고 늘 연습하던 대로 하면 돼."

"네."

"자, 다 같이 파이팅하자. 하나, 둘, 셋."

"파이팅!"

충주성심학교 야구부는 전국 53개의 고교야구팀 중 53위다. 창단 이래 단 1승도 거두지 못한 만년 꼴찌 팀이다. 충주성심학교 야구부는 그동안 1년에 단 한 차례만 공식대회에 출전해 왔다.

매년 8월에 열리는 봉황대기. 봉황대기에는 고교야구팀으로 정식 등록된 팀이면 누구나 참여할 수 있었다. 물론 매번 5회 콜드게임으로 패하고 돌아왔지만 말이다.

그런데 올해부터 고교야구가 주말리그로 바뀌면서, 우리는 전국고교야구대회에서 열두 번의 경기를 치르게 되었다. 고교야구 주말리그는 매 주말마다 모든 팀이 돌아가면서 경기를 치르고, 그 경기 결과에 따라 본선에 진출하는 방식이다. 고교야구 주말리그 덕분에 우리는 1년에 한 번이 아니라 열두 번의 공식 경기를 뛸 수 있게 되었다. 그만큼 1승의 가능성도 커졌다. 평상시라면 우리가 꿈조차 꿀 수 없는 상대들, 그러니까 고교야구 최강팀인 천안북일고, 광주일고, 군산상고와도 한 판 붙게 되었다.

버스는 두 시간을 달려 대전 한밭야구장으로 들어섰다. 1루 더그아웃 쪽으로 들어서는데 건너편 3루 쪽으로 주황색 유니폼을 입은 야구선수들이 이동하고 있다.

강호 천안북일팀이다!

갑자기 심장이 빠르게 뛰기 시작한다. 늘 자신감이 넘치던 길원이마저 얼굴이 새하얘졌다. 정말 전국대회 무대에 선 것이다. 심장이 미친 듯이 뛰고 있다.

"준석아! 짜쓱아. 떨지 마라."

주름 샘이 내 어깨를 툭 쳤다.

"저 안 떨어요."

담담한 척 가슴을 펴 보지만 샘은 다 안다는 듯이 웃었다.

"하하하. 얼굴이 하얗잖아!"

"진짜. 준석이 얼굴이 하얗게 변했네. 혼자 센 척 하더니만 너 겁먹었지?"

꼬불머리 샘이 옆에서 거든다. 안 그래도 떨려 죽겠는데 두 분 너무 하신다.

"준석아. 소리 질러. 소리 질러 봐. 아!"

"아!"

나는 주름 샘을 따라 소리를 질렀다.

"더 크게"

"아악!"

"주장이 긴장하면 다른 아이들은 더 긴장해. 떨리면 소리 질러. 알겠어?"

"네."

나는 1번. 주장이다. 아랫배에 힘을 주고 깊게 숨을 들이쉰다. 드디어 출전이다. 우리는 둥글게 원을 그리고 섰다. 손을 모으고 한 바퀴 돌리며 짧게 세 번 구호를 외치며 파이팅을 한다.

"아이. 아이. 아이. 파이팅!"

운동장을 가로질러 뛰어나갔다. 천안북일 팀과 마주보고 섰다. 모자를 벗고 인사를 한다. 제발 이 미친 심장이 제정신을 차렸으면 좋겠다.

"배운 대로만 하면 돼. 자신감, 자신감을 가지고 해. 집중해, 집중. 치고 나가면 꼭 슬라이딩하고. 슬라이딩."

선글라스는 습관처럼 같은 말을 계속 반복해서 한다. 듣지 못하는 우리는 잠깐 눈을 돌려 다른 곳을 보면 눈을 돌린 시간 만큼의 수화를 놓치고 만다. 그러면 문장에서 잃어버린 고리가 생기고 도통 무슨 말을 하는지 알아듣지 못한다. 그래서 선글라스도 주름 샘도 반복해서 말하는 버릇이 있다.

1회초.

우리 팀의 선제공격이다. 귀염둥이 길원이가 첫 타석에 들어선다. 덩치가 작은 길원이는 꼭 중학생처럼 보인다.

"낮은 공만 쳐라."

선글라스가 길원이에게 사인을 보낸다. 공이 씽 하고 길원이를 스쳐간다. 녀석이 엉덩이를 뒤로 확 뺀다. 길원이가 놀랐는지 눈을 똥그랗게 뜬다.

"스트라이크."

길원이가 다시 선글라스를 바라본다.

"괜찮아."

선글라스가 새끼손가락을 펴서 턱에다 갖다 댄다. '괜찮아'는 선글라스가 가장 많이 쓰는 수화다.

"괜찮아. 괜찮아. 스트라이크 존을 넓게 봐."

선글라스는 이제 웬만큼 좋은 공이면 모두 치라고 사인을 보낸다. 하지만 길원이의 방망이는 좀처럼 나가지 못한다. 길원

갤러리아
15:33
한화케미칼
35 23 2
광주보건대학
한화손해보험
ZONE 35
한화건설
한화증권
대한생명
한화L&C
114m
한화증권
한화손해보험

이의 긴장감이 더그아웃까지 전해져 온다. 결국 삼진아웃을 당했다.

"인하 공보다 세 배 빨라."

길원이가 혀를 내두른다. 천안북일고의 투수면 거의 프로야구선수급이다. 우리가 평소 접하던 구질이 아니다. 길원이마저 손을 못 댄다면 다른 선수들은 말할 것도 없다. 다음 타자인 인하도 삼진아웃. 3번 타자인 인교도 삼진아웃. 세 선수 모두 삼진아웃을 당했다. 1회초 공격은 단 4분 만에 끝이 났다.

1회말.

수비가 시작되었다. 충주성심의 투수는 인하. 포수는 길원이. 나는 좌익수를 맡았다. 물론 우리의 구멍 3인방도 함께 포진했다. 깜빡이 현배는 3루수. 경진이는 2루수. 그리고 안경 원진이는 우익수를 맡았다.

"실수하지 말고 집중해."

나는 운동장으로 나가며 아이들에게 당부한다.

노아웃에 주자 1, 2루. 천안북일고 3번 타자의 공이 2루 경진이 쪽으로 간다. 경진이가 웬일로 공을 잽싸게 잘 잡았다. 경진이가 급하게 공을 1루로 휙 던진다. 공이 그만 1루수 볼똥똥이 의강이의 키를 넘어간다.

공이 빠졌다! 의강이가 죽어라 공을 쫓아가지만, 그 사이 천안북일의 주자는 홈인. 경진이의 에러로 1점을 내주고 만다. 경진이가 글러브를 들여다본다. '공이 왜 빠졌지?' 뭐 이런 표정이다. 경진이는 정말 이해할 수 없다는 듯이 고개를 갸웃한다. 공이 왜 빠졌는지 경진이만 모른다.

"세컨 아웃. 효준이 나가."

선글라스는 바로 경진이를 빼고 1학년 효준이를 2루수로 투입한다. 다행히 다음 두 타자의 공은 쉽게 처리했다. 투아웃. 이제 한 명만 잡으면 1회 수비는 끝이 난다. 우측으로 뻗은 타구. 공이 구멍 원진이에게로 향한다. 정말 불안해 죽겠다. 원진이가 죽어라 쫓아가 보지만 공을 놓치고 만다. 천안북일 주자 두 명이 순식간에 홈을 밟는다.

스코어는 3 대 0.

선글라스가 벌떡 일어섰다.

"선수 교체."

오늘 선글라스는 인정사정없다. 단 한 번의 실수에도 선글라스는 바로 원진이 자리에 한구를 세웠다. 경진이와 원진이. 두 구멍을 빼고 경기가 계속된다.

"괜찮아. 괜찮아."

선글라스가 이를 악물고 다시 새끼손가락을 턱에다 갖다 댄다. 아마도 선글라스는 괜찮지, 않을 것이다. 포수 길원이가 양손을 번쩍 들어 흔든다. 투아웃 사인이다. 그리고 손을 뻗어 주자가 1루와 2루에 있다고 가리킨다.

"투아웃. 주자 1, 2루."

우리는 들을 수 없기 때문에 자주 경기의 흐름을 놓친다. 수비를 하다 보면 가끔 멍하니 운동장에 혼자 서 있다는 느낌이 든다. 그래서 선글라스는 충주성심만의 사인을 만들었다. 길원이가 글러브를 낀 오른손을 흔들면 노아웃. 글러브가 없는 왼손을 흔들면 원아웃. 그리고 두 팔을 모두 들고 흔들면 투아웃이다. 길원이는 타자가 바뀔 때마다 아웃 카운트와 주자 위치를 우리에게 알려 준다.

공이 뜬다. 3루 쪽이다. 쉽게 잡을 수 있는 공이다. 하나만 잡으면 이 길고 긴 1회가 끝이 난다. 공은 3루수 깜빡이 현배에게로 간다. 현배가 공을 잡았다. 그런데 그만 글러브에 다 들어간 공을 빠뜨리고 말았다. 으악! 정말 구멍답다. 다시 1점을 내줬다.

스코어는 4 대 0.

세 구멍이 1회에 사이좋게 번갈아 가며 한 번씩 실수를 하더니 금방 4점을 내주고 말았다. 하지만 선글라스는 3루수 교체 사인을 내지 못한다. 3루수 현배를 빼고 싶은 마음이 굴뚝같지만 교체할 3루수가 없기 때문이다.

우리는 매번 이렇게 1회에 와르르 무너지고 만다. 1회는 영원히 끝나지 않을 것처럼 보인다. 그때 거짓말처럼 인하가 삼진아웃을 잡아냈다. 1회말. 20분간의 긴 수비가 끝이 났다. 공격은 단 4분. 수비는 20분이 걸렸다.

"점수 내려면 어떻게 해야 해? 1루 밟고, 2루 밟고, 3루 밟고 홈으로 와야 해. 맞지?"

"네."

"그럼 일단 1루부터 나가야지?"

"네."

"삼진 먹어도 되니까 강하게 스윙해. 강하게."

선글라스는 헛스윙이라고 좋으니 방망이를 휘두르라고 주문했다. 4회초. 길원이가 드디어 천안북일 투수의 공에 손을 댔다. 땅볼이다. 날쌘돌이 길원이가 1루를 향해 뛴다. 슬라이딩을 한다.

"아웃."

안타깝게 아웃이 되었지만 길원이의 땅볼은 우리에게 큰 힘이 되었다. 치면 된다!

5회초.

나는 두 번째 타석에 섰다. 역시 공이 빠르다. 하지만 어떻게 해서라도 진루해야 한다. 몸 쪽으로 공이 들어온다. 나는 피하지 않았다.

"악!"

손목을 맞았다. 손목이 떨어져 나갈 듯이 아팠다. 몸에 맞는 공으로 진루하게 되었다. 우리 팀 첫 진루다. 아픔보다 기쁨이 먼저다. 나는 배트를 폼 나게 던지고 1루를 향해 여유롭게 뛰었다. 비록 몸에 맞는 공 덕분이지만 전국대회에서 처음으로 1루를 밟은 것이다.

"괜찮아?"

선글라스가 묻는다.

"괜찮아요."

안타였다면 더 좋았겠지만 그래도 이게 어디야? 1루 베이스에 서니 운동장 전체가 내 눈과 가슴으로 꽉 들어찬다. 선글라스가 의강이와 나에게 사인을 보낸다.

"번트 앤 도루."

'번트 앤 도루' 사인이 나면 무조건 뛰어야 한다. 나는 투수가 공을 던지기 위해 발을 빼는 순간 바로 내달렸다. 죽어라 뛰어 2루로 슬라이딩을 했다. 살았다! 2루 베이스를 잡고 선글라스를 보았다. 그런데 선글라스의 사인이 당혹스러웠다.

"1루로 돌아가. 빨리!"

허걱. 다시 1루로 뛰었다. 하지만 이미 늦었다.

"아웃!"

이 황당한 상황이 벌어진 건 내가 듣지 못하기 때문이었다. 의강이의 번트가 뜬공이 되어 잡혔던 것이다. 만일 내가 들을 수 있었다면 2루로 뛰는 중간에 "돌아가!"라고 외치는 소리를 들었을 것이다. 그럼 난 방향을 바꿔 1루로 돌아갔을 것이고 아마 죽지 않았을 것이다. 어쩔 수 없었다는 걸 알면서도 왠지 억울하다. 나의 첫 진루는 내가 듣지 못하는 야구를 하고 있다는 걸 확인시켜 주었다.

5회말.

10점 이상 차이가 나면 콜드게임 패다. 각오한 일이다. 천안북일 선수가 친 파울볼이 공중에 떴다. 길원이가 미친 듯이 달려간다. 온몸을 날려 슬라이딩을 한다. 공을 잡아냈다! 그리고 공을 잡은 글러브를 높이 쳐들고 일어선다. 녀석이 펄쩍펄쩍 뛰며 좋아한다.

"와. 잡았다. 세 명 다 잡았어!"

더그아웃을 보니 주름 샘과 후보 선수들이 모두 벌떡 일어서서 박수를 치고 있다. 관중석에는 꼬불머리 샘과 교장수녀님이 만세를 부르며 기뻐하고 있다.

5회가 끝났다.

점수는 8 대 0.

5회 말 콜드게임 패를 면했다! 우리가 5회를 끝내며 이렇게 기뻐하는 이유를 사람들은 모를 것이다. 5회 콜드게임 패를 면한 것은, 나에게도 야동클럽에게도 처음이다. 충주성심학교 야구부가 5회 콜드게임 패를 면한 것은, 창단 일에 두 번째, 8년 만에 처음 있는 역사적인 사건이다.

우리는 환호성을 지르며 더그아웃으로 뛰어 들어갔다. 최강 천안북일을 상대로 이제 우리는 6회를 간다!

"잘했어. 잘했어."

주름 샘이 아이들 어깨를 툭툭 쳐 준다.

"9회! 9회!"

길원이가 환하게 웃으며 9회까지 가자고 소리친다. 우리도 길원이를 따라한다.

"9회! 9회!"

"모두 잘했어. 지금처럼 집중해서 하면 돼."

선글라스도 웃고 있다.

"이제 안타 하나. 안타, 안타 하나만 쳐 봐."

6회초.

기뻐하는 서문은경 선생님과 교장수녀님

파울볼을 치는 효준이

9회까지 가자고 외치는 길원이

1학년 효준이가 타석에 들어선다.

"파울."

효준이가 파울볼을 칠 때마다 우리는 환호한다.

"아깝다."

"좋아. 좋아."

우리는 파울볼 하나에도 너무나 기뻤다. 타석에만 서면 방망이를 들고 벌벌 떨던 우리였다. 비록 파울볼이지만 공을 맞추어 내는 것은, 우리에게는 대단한 발전이다. 효준이는 파울볼을 장장 네 개나 쳤다. 그러니까 공을 방망이에 네 개나 맞춘 거다. 효준이는 결국 삼진아웃을 당했다. 더그아웃으로 뛰어 들어오는 효준이를 우리는 홈런을 친 타자처럼 반겼다.

"효준아. 대단해!"

"너무 멋졌어!"

시합은 6회말. 10 대 0. 콜드게임으로 끝이 났다.

그러나 우리는 행복했다.

첫 몸에 맞는 공.

첫 진루.

첫 6회 진출.

오늘은 첫 기록들로 가득 찼다. 교장수녀님이 버스에 오르며 활짝 웃으신다.

“많이 발전했어. 오늘은 한 3, 4점 정도는 줄일 수 있었는데 아깝더라.”

“1회에 4점 준 거 너무 아까워. 그래도 6회를 간 게 어디야?”

꼬불머리 서문 샘이 웃으며 맞장구를 친다. 주름 샘이 버스를 타는 아이들을 반기며 하이파이브를 한다.

“다들 오늘 너무 잘했어. 너희들이 자랑스러워. 앞으로 한 경기당 1점씩 점수를 줄여 나가자. 알겠습니까?”

“네.”

“그러다 보면 열두 경기를 끝낼 때쯤엔 분명히 1승 할 수 있을 거야. 1승. 할 수 있습니까?”

“네.”

“좋아. 모두 잘했어. 쉬어!”

더디지만 포기하지 않고 한 걸음씩. 10 대 0으로 지고도 행복할 수 있는 것이 바로 충주성심의 야구다.

수화상식

괜찮아

오른 주먹의 4지를 펴서 끝을 턱에 가볍게 두 번 댑니다.

집중하다

두 손을 펴서 손끝이 밖으로 향하게 하여 머리 양옆에 위치하게 하였다가 힘주어 비스듬히 내리며 두 손 끝을 맞댑니다. (손끝을 모으지 않고 뻗으면 '공부하다'가 되니 주의해야 해요.)

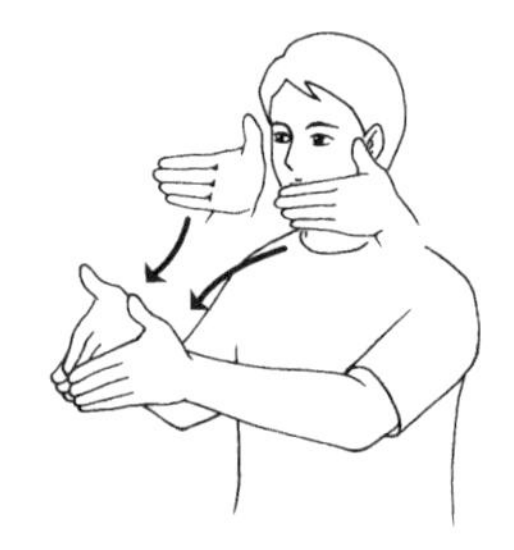

(출처: 한국수화사전)

춤꾼 원진이

일요일 저녁. 경기를 마치고 모처럼 갖는 쉬는 시간이다. 오늘은 영화를 한 편 보기로 했다. 3층 강당에서 영화를 상영하는데 아이들이 구름같이 몰려온다. 이유는 단 하나. 여학생들도 오기 때문이다.

2층은 여학생, 3층은 남학생으로 엄격하게 나뉘어 있는 재활원에서, 여학생과 함께할 수 있는 유일한 시간이 바로 영화 감상 시간이다. 자리를 잡고 비스듬하게 누웠다. 원진이는 앉자마자 주변을 두리번거리느라 바쁘다. 이 녀석은 영화에는 관심이 없는 것 같다.

"너 누구 찾아?"

"아니."

원진이가 정색을 한다.

"그럼 왜 두리번거려?"

"애들 많아."

괜히 딴소리는……. 2반 여학생을 찾고 있겠지. 관심 있음 대시를 해 보든가. 매일 2반 복도만 왔다 갔다 하고 영 진도를 못 빼는 눈치다. 오랜만에 학교 애들 떠드는(?) 모습 구경하는 것도 재밌다.

"너 나 좋아한다고 했지?"

"엉뚱한 소리하네."

"너 나한테 물은 적 있어."

"내가 뭐랬는데?"

"첫 번째, 친구하고 싶은지. 두 번째, 놀고 싶은지. 세 번째, 남자친구하고 싶은지 물었잖아."

뭔 소리야? 앞의 남학생과 여학생이 주고받는 수화 내용이 흥미롭다.

"왜 날 보고 있어?"

"보고 싶은 거 봐."

"너 나 쳐다보잖아."

"그냥 너를……."

여학생이 어깨를 돌리는 바람에 뒤쪽 수화가 가렸다. 뒷내용이 궁금해서 고개를 이리저리 빼 보지만 손이 안 보인다. 그때 옆에 있던 여학생이 말을 걸어왔다.

"준석 오빠."

날 보며 이마에 점 두 개를 찍었다.

"이거!"

여학생이 내게 게토레이를 건넸다.

"고마워."

"오빠. 머엇져."

여학생은 오른손 검지를 코에 대더니 앞으로 쭉 돼지 꼬리를 그려 나간다. '멋있다'라는 수화다. 돼지 꼬리가 길수록 더 멋지다는 의미다. 여학생은 돼지 꼬리를 한참 동안 그렸다.

"오빠. 최고."

"너 몇 학년이야?"

"중3."

주장이 되고 난 뒤, 여학생들이 나를 바라보는 시선이 달라진 걸 느낀다. 내가 지나가면 여학생들은 옆으로 비켜서면서 손을 조그맣고 빠르게 움직였다.

"재가 주장?"

"이름?"

"준석."

여학생들이 손가락 두 개를 이마에 찍어 대는 것이 보였다.

이젠 끔찍한 두 점박이 얼굴수화가 막 좋아지려고까지 한다.

"오빠. 응원가고 싶다."

"교장수녀님에게 부탁해 볼게."

"좋아!"

"너 이름 뭐야?"

"눈 큰 애."

옆에 있는 똥똥한 여자 아이가 끼어든다.

"나. 엉덩이 큰 애."

"뭐? 엉덩이? 진짜?"

가끔 당혹스런 얼굴수화도 있다. 엉덩이 큰 애도 나만큼 자기 얼굴수화를 싫어할 것 같다.

"너. 얼굴수화 괜찮아?"

"좋아. 특별해."

쿨하다. 내 옆으로 여학생이 4명쯤 몰려들었다. 모두 야구부 소식에 관심이 많다. 그중에는 원진이가 좋아하는 2반 여학생도 있었다. 내게 게토레이를 건네 준 눈 큰 애도 제법 예쁘다. 게토레이를 따서 마시고 있는데 원진이 얼굴이 뾰로통하다.

"마시고 싶어?"

"아니."

"화났어?"

안경
손원진

"아니."

원진이가 삐쳤다. 짜식. 나 혼자 먹었다고 그러나?

"이거 너 마셔."

"싫어."

그동안 여학생들 사이에 가장 인기가 좋았던 야구부원은 길원이와 인하였다. 충주성심에서는 야구 실력과 인기가 확실히 비례했다. 아마 두 녀석, 내가 나타난 이후 조금은 긴장하고 있을 거다. 키 크고 한 인물 하는 내가 주장까지 맡았으니 말이다. 요즘 나의 인기가 하늘 높은 줄 모르고 치솟고 있다. 원진이의 인기는? 물론 구멍이다.

'노력하는 방'으로 들어서면서 거울을 보았다. 콧잔등 위로 까맣게 올라온 블랙 헤드가 보인다. 며칠 전부터 거울을 볼 때마다 눈에 영 거슬렸다. 그저께는 선크림을 깜빡했다. 안 그래도 야구를 하면서 점점 까맣게 변하는 얼굴 때문에 가슴이 아픈데 선크림마저 안 발랐으니 얼굴 상태가 심각했다. 나도 모르게 글러브를 들어 햇볕을 가렸다.

"오토바이."

"네."

"글러브는 공 받으라고 있는 거지 너 햇빛가리개로 쓰라고 있는 거 아냐."

연습시간 내내 캐치볼은 안 하고 글러브로 햇볕을 가리고 있다고 선글라스는 날 엄청 구박했다. 그럼 자기 선글라스라도 빌려 주든가. 야구도 얼굴은 생각해 가면서 해야지. 피부관리는 인기와 직결되니까. 샤워를 하고 난 후 바로 코팩을 붙였다. 블랙 헤드에 이만한 게 없다.

"준석. 코피 나?"

안경 원진이가 뭔가 못 볼 거라도 본 듯 눈살을 찌푸렸다. 녀석. 코피가 나면 콧구멍을 막지 왜 땀구멍을 막겠냐?

"아니. 코팩이야."

"코팩? 코팩 해서 뭐해?"

"멋있어지려고. 너 하고 싶어?"

"안 해. 안 해. 안 해."

침까지 튀겨 가며 싫다고 하던 녀석이 내 눈치를 보며 주위를 얼쩡거린다. 한번 해 보고 싶은 게 분명하다.

"준석. 피부 좋아져?"

"그럼. 피부 좋아지지."

"여자. 좋아해? 피부 좋은 남자?"

여자에게 잘 보이고 싶다 이거지? 그러고 보니 자식. 아까 삐친 것도 음료수 때문이 아니라 2반 여학생 때문이었나 보다.

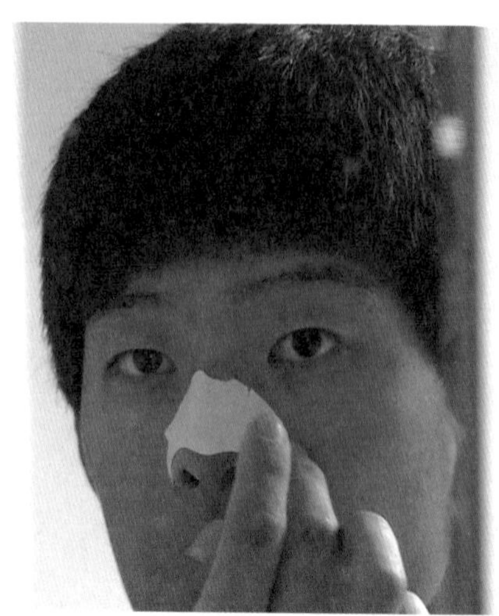

코팩을 하고 있는 나

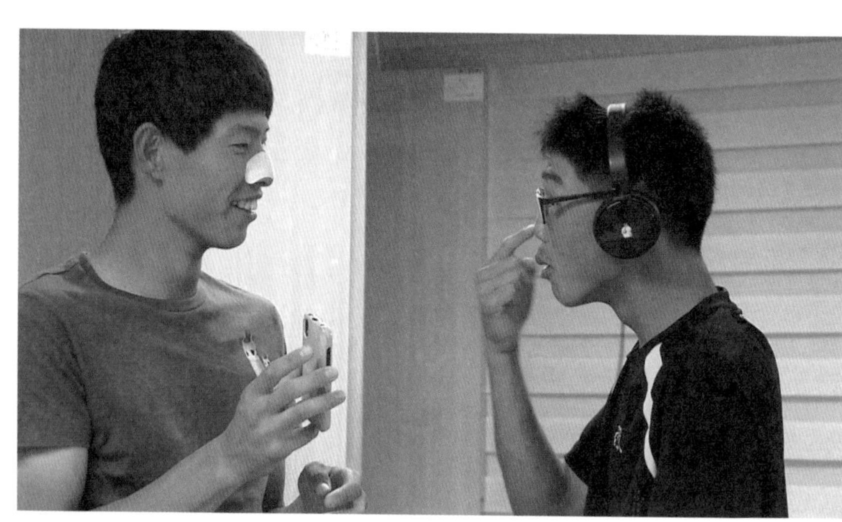

"코팩을 해서 뭐해?"라고 묻는 원진이

소심하긴. 내가 그 여학생에게 말을 건 것도 아니고 그냥 옆에서 같이 웃었을 뿐인데 화를 낼 건 또 뭐람.

"원진아, 여학생들도 피부미남 좋아할걸."

"정말?"

"꽃미남 좋아해."

"하나 줘."

"공짜는 안 되지. 원진이 너 춤 한번 추면 코팩 줄게."

"무슨 춤?"

"음. 2PM 춤 춰 줄래?"

원진이는 늘 헤드폰을 쓰고 다닌다. 처음엔 헤드폰이 폼인 줄 알았다. 그런데 원진이의 한쪽 귀는 청력이 70데시벨까지 나온다고 한다. 70데시벨이면 우리 중에서 청력이 무척 좋은 편이다. 나는 95데시벨, 길원이는 100데시벨 이상의 소리만 들을 수 있으니 말이다. 물론 원진이도 가사를 들을 수는 없다. 녀석은 쿵쿵거리는 진동으로 음악을 느낀다.

대신 원진이는 왼쪽 눈이 전혀 보이지 않는다. 한쪽 눈을 감고 야구를 하는 셈이다. 원진이가 구멍일 수밖에 없는 또 다른 이유이기도 하다. 원진이는 2년 반 동안 야구를 했지만 아직까지 단 한 번도 2루를 밟아 본 적이 없다. 선글라스는 가끔 원진이를 은퇴시키겠다고 겁을 주곤 한다.

"원진아. 도대체 넌 뭘 잘하니?"

"나. 잘하는 거 있어. 삼진아웃. 나 삼진아웃 전문."

원진이가 없는 충주성심학교 야구부는 너무 지루할 것 같다. 선글라스도 웬만해선 처음부터 원진이를 주전명단에서 빼는 일이 없다. 선글라스도 유쾌한 이 녀석에게 단단히 중독된 게 틀림없다.

나는 벽에 붙은 전기 스위치를 여러 번 깜빡였다. 들을 수 없는 우리는 '주목'이라고 말하고 싶을 때 형광등 스위치를 깜빡인다. 아이들이 하던 일을 멈추고 고개를 들어 나를 쳐다본다.

"원진이가 춤춘대!"

"와, 좋아!"

원진이가 헤드폰을 쓰고 방 한가운데 선다. 춤꾼 원진이의 리사이틀이다.

"내가 미쳤나 봐 자존심도 없는지 네에게로 돌아와."

2PM의 'again & again'이다. 원진이는 비트에 맞춰 춤을 춘다. 원진이가 입술을 움직인다. 외운 가사를 춤동작에 맞춰 끼워 넣어 부른다.

"몰라아아. 몰라아아."

짜식. 〈쇼! 음악중심〉에서 봤던 2PM의 춤을 완벽하게 재생하고 있다. 표정, 손짓, 웨이브까지 똑같다. 길원이와 효준이도

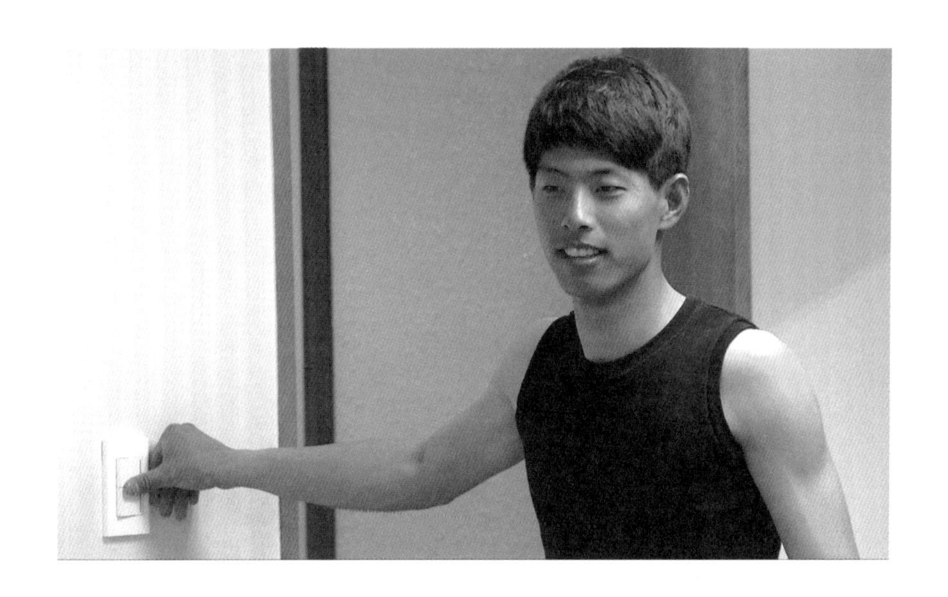

아이들 모두에게
전할 말이 있을 때는
형광등 스위치를 깜빡이면 된다.

일어서서 원진이를 따라 춤을 추기 시작한다. 노력하는 방을 가득 채운 아이들의 춤. 헤드폰을 낀 건 원진이뿐이다. 모두 그럴듯하게 춤을 추고 있지만 음악은 없다. 아이들은 아무 소리도 듣지 못한다. 누가 본다면 음악이 없는 침묵의 춤일 것이다.

"원진아. 너 다음에는 2반 앞에 가서 춤춰라."

"2반? 왜?"

"2반 여학생에게 춤 실력 보여 주라고. 그럼 바로 넘어올 거야."

원진이가 내 목에다 헤드록을 건다.

"준석, 나빠. 나빠."

"야. 목 졸려. 살려줘. 너 2반 여학생 좋아하잖아."

"아냐. 아냐."

원진이의 얼굴이 빨개진다. 아끼던 코팩을 하나 원진이에게 휙 던져 줬다.

"세수하고 얼굴에 붙여."

내게서 코팩을 받아간 원진이는 거울에 바싹 붙어서 작업을 하고 있다. 여차하면 아주 거울 속으로 들어갈 기세다. 자신은 비록 구멍일지언정 얼굴에 붙인 시트에는 단 하나의 공기구멍도 허용할 수 없다는 저 자세. 진지하고 비장하기까지 하다. 야구를 그렇게 열심히 하면 얼마나 좋을까?

"준석. 나 예뻐?"

시트를 떼고 로션까지 바르고 온 원진이가 내 엉덩이를 툭 치며 자기 얼굴을 가리킨다. 귀여운 녀석. 원진이는 내가 충주 성심에서 사귄 첫 친구다. 원진이가 웃으면 나도 기분이 좋다. 원진이 옆에 있으면 행복 바이러스가 나에게도 옮겨 온다.

수화상식

멋(있다)

오른 주먹의 1지를 펴서 끝을 코에 댔다가 천천히 구부렸다 폈다 하면서 밖으로 내밉니다.

(출처: 한국수화사전)

펭귄

더그아웃에 앉아 물을 마시고 있는데, 볼똥똥이 의강이가 팔을 붙이고 뒤뚱뒤뚱거리고 있다.

"의강아, 왜 뒤뚱거려?"

"감독님. 얼굴수화."

"감독님 얼굴수화가 뚱뚱이야?"

"아니. 펭귄."

"뭐? 감독님 얼굴수화가 펭귄이라고?"

"응. 펭귄."

감독님 얼굴수화가 펭귄이라니!

"왜? 펭귄이야?"

"다리 짧고 뚱뚱해서. 펭귄. 펭귄."

"푸하하."

나보고 오토바이라고 놀리더니 감독님 얼굴수화는 펭귄이었구나. 내가 붙여 준 선글라스라는 얼굴수화는 펭귄에 비하면 양반이다.

"펭귄. 감독님도 알아?"

"몰라. 몰라."

볼똥똥이 의강이가 질색을 하며 손을 흔든다. 펭귄은 선글라스가 모르는 특급 비밀인 게 분명하다. 생각해 보니 아이들이 선글라스 흉을 볼 때 잠깐씩 뒤뚱거렸던 것 같다. 동작이 크지 않고 눈 깜짝할 사이에 지나쳐 까맣게 모르고 있었는데 그게 펭귄이었다.

운동장 한가운데에 선글라스가 서 있다. 배트를 짚고 서 있는 포스가 장난이 아니다. 더그아웃으로 들어온 선글라스가 파워에이드 하나를 집어 들었다. 한 손으로는 허리를 짚고, 고개는 하늘을 향한 뒤 음료수를 들었다. 팔의 각도는 90도. 완전 폼생폼사다.

"감독님은 얼굴수화가 뭐예요?"

"얼굴수화? 나야 당연히 호랑이지. 나 무섭잖아."

"호랑이는 얼굴수화 어떻게 해요?"

"두 손으로 이렇게 어흥. 어흥. 호랑이."

우하하. 아, 배 아파. "감독님은 펭귄."이라고 말하고 싶은 걸

감독님의 얼굴수화는
'펭귄'이다.

참느라 입술을 있는 힘을 다해 깨물었다.

"감독님 얼굴 수화 다른 건 없어요?"

"글쎄. 호랑이가 아니면, 사자?"

으흐흐흐. 맹수 너무 좋아하신다. 호랑이, 사자는 무슨. 펭귄이라니까요. 그러고 보니 선글라스의 다리가 짧긴 하다. 배도 좀 나왔다. 결정적으로 충주성심 야구부의 운동복은 검은 색과 흰색이 섞여 있고 모자는 검은 색이다. 딱 펭귄이다. 대단한 녀석들이다. 얼굴수화 만드는 데는 정말 천재들이다.

다음 날 충주성심학교 야구부는 아침 일찍 군산으로 향했다. 버스 뒷자리에 구겨져 한숨 늘어지게 자고 일어나는데 옆자리의 볼똥똥이 의강이가 핸드폰을 내 앞으로 내밀었다.

"감독님 기사."

> 듣지 못하는 아이들에게 야구의 재미를 알려 주고 싶어 감독직을 맡은 게 벌써 8년 전. 그 사이 돈 많이 주겠다며 일반학교 야구부로부터 감독직 제안도 받았지만 모두 거절했다.

한 스포츠 일간지에 실렸던 선글라스에 대한 기사다. 다른 학교에서 감독직을 맡아 달라고 했었다고? 에이. 누가 8년 동안 1승도 못한 감독을 스카우트하겠어? 이거, 이거. 구라친 냄새가 솔솔 난다. 그런데 기사 뒷부분에 내가 몰랐던 선글라스의 사연이 있었다.

> 박상수 감독은 비운의 선수였다. 군산상고를 거쳐 쌍방울의 외야수로 활약한 지 2년이 됐을 무렵 부상을 당해 6급 지체장애판정을 받고 운동장을 떠나야 했다.

선글라스가 장애 판정을 받았다고? 그럼 우리 같은 장애인이라는 건가?

버스는 군산 월명경기장으로 들어섰다. 고교야구 주말리그 열두 경기 중 세 경기가 이곳 군산야구장에서 있을 예정이다. 듣지 못하는 우리는 새로운 시각 정보에 무척 예민하다. 처음 가는 경기장에서 시합을 하면, 주변을 두리번거리느라 계속 수비 실수를 한다. 그래서 새로운 곳에서 시합을 하게 되면 미리 현지 적응훈련을 통해서 경기장을 눈에 익혀야 한다.

선글라스 아니 펭귄이 우리를 불러 모았다. 펭귄. 아니 선글라스. 아, 난 뭐라고 부르지? 선글라스 낀 펭귄? 몰라. 몰라. 당분간은 선글라스다. 선글라스가 우리에게 군산 야구장의 특징에 대해 설명한다.

"잘 들어. 여기 군산, 군산은 처음 와 보는 야구장이기 때문에 이상할 수 있어. 여기는 다른 야구장하고 다른 게 뭐냐 하면 외야, 외야가 배같이 생겼어. 배같이 이렇게 크게 생겼어. 외야, 외야 쪽 잘 봐. 외야가 굉장히 커. 크다고. 빨리 빨리 움직여야 해. 그러니까 외야가 실수하면 그냥 홈런 돼. 그라운드 홈런 된다고. 무슨 말인지 알겠어?"

"네!"

선글라스의 고향이 군산이라더니 여기저기서 후배들이 뛰어와 인사를 한다. 한때는 잘나가던 프로선수들이었고 지금은 야구명문 고등학교, 대학교에서 코치, 감독을 맡고 있다고 한다.

선글라스도 부상만 없었다면 우리를 만날 일은 없었을 것이다. 지금쯤 잘나가는 대학교 야구부나 프로야구 구단에서 선글라스 끼고 방망이 짚고 호령하고 있을 것이다. 돈도 더 벌었을 거고 화려한 명성도 얻었을 것이다. 무엇보다 창단 이래 정식 시합에서 단 한 번도 이긴 적 없는 치욕스러운 기록의 주인공은 안 됐을 거다.

"박상수 감독님, 선수 시절에 내가 굉장히 존경하던 분이다. 지금도 마찬가지고. 다른 학교에서 몇 번이나 모셔 가려고 했는데, 너희들을 너무 아껴서 안 간다고 하더라. 그러니 열심히 해라. 감독님 실망시키지 말고."

대학교에서 코치를 맡고 있다는 한 후배가 우리들의 수비 자세를 교정해 주며 말했다. 스카우트 제의를 거절했다는 게 사실이란 건가?

"2군, 경기 준비. 오늘 상대는 군산의 신풍초등학교다."

1군도 문제지만 우리 학교 2군은 시합을 해 줄 팀이 없어 중학교, 때로는 초등학교 야구부와 연습게임을 한다. 한종석 코치의 소개 멘트에 때맞춰 입장한 상대팀을 보고, 우리는 한동안 입을 다물지 못했다. 모자부터 바지까지 노란 유니폼으로 갖춰 입은 녀석들은 샛노란 병아리들. 완전 유딩 포스다. 저런 녀석들과 경기를 하다니 보는 내가 다 쪽팔린다.

"하나."

"둘."

"셋."

"넷."

"다섯. 번호 끝."

대열 맨 끝에 서 있던 제일 작은 '번호 끝' 선수가 우리 앞으로 다가왔다.

"형님들, 안녕하십니까?"

모자까지 벗고 정중히 배꼽인사를 한다. 누군데 깍듯이 인사를 하나 심었는데, 귀염둥이 길원이와 몇몇 녀석들이 아는 체를 한다.

"재 누구야?"

궁금증을 참지 못하고 길원이에게 물었다.

"감독님 아들. 셋째."

선글라스한테 아들이 셋 있고 모두 야구를 한다는 얘기를 들은 적이 있다. 근데 녀석. 선글라스 아들 맞아? 피부는 하얗고 깊이 눌러쓴 모자 아래 빛나는 눈이 제법 귀엽다. 초등학교 2학년으로 아직 '주전자 선수'라고 했다. 다리 짧고 배 나온 선글라스를 생각하면 대단한 발전이다.

"아들, 이리 와 봐라. 오랜만이네. 얼마만이야?"

"몰라요."

선글라스가 병아리를 더그아웃 옆자리에 앉혔다.

"야구 연습은 매일 해?"

"네."

참 당연한 걸 물어본다.

"포지션이 뭐야?"

"센터요."

아버지가 아들 포지션도 모른다.

"선배들 하는 거 잘 보고, 공 빨리 빨리 주워 놓고 해라"

아직 주전자 선수인 감독님의

셋째 아들

"아버지도 경기 잘하십시오."

꾸벅. 배꼽인사를 하고 병아리는 총총총 자기 팀 더그아웃으로 뛰어갔다. 내 19년 인생 동안 들어 본 가장 썰렁한 아버지와 아들의 대화다.

경기 결과는 정말 말하기 부끄럽다. 중학생과 고등학생 후보 선수들로 이루어진 충주성심 2군은 신풍초등학교를 맞아 10 대 5로 패했다. 변명을 좀 하자면 상대팀은 초등학생이지만 고등학생인 우리보다 야구 짬밥 수로 보면 선배 되는 녀석들이 많다. 그래도 이건 너무하다. 태어나서 먹은 밥그릇 수 차이가 얼만데. 때마침 아까 그 병아리가 지나갔다.

"축하한다. 난 충주성심 주장이야. 홍준석."

"네? 아, 수고가 많으시네요. 형님."

녀석. 완전 애늙은이다. 갑자기 호기심이 급 발동했다.

"너 아버지랑 별로 안 친하니?"

"그건 왜요?"

"아니. 그냥 좀 대화가 썰렁해 보여서."

"휴우."

코딱지만 한 녀석이 자기 키만 한 한숨을 내쉰다.

"우리 어머니 말씀이 아무리 부자지간이지만 얼굴을 봐야 정도 쌓이는 법이라고 하셨습니다. 그런데 한 달에 한 번 아버지 얼굴 볼까 말까 하잖아요. 또 집에 오면 뭘 해요? 서류를 잔뜩 싸 들고 와서 하루 종일 야구 생각만 하다 가시는데."

"전화라도 하지 그래?"

"전화는 가끔 하죠."

"그래?"

"네. 얼마 전에도 전화로 중요한 대화를 나눴죠."

"무슨?"

"제 핸드폰이 망가졌거든요."

'크크. 녀석, 핸드폰 사달라고 할 때만 전화하는구나.'

병아리 얘길 들으니 대충 알 것도 같다. 야구부는 주말에도 합숙을 하고, 집에 가는 날은 한 달에 두 번 정도다. 경기가 있을 때는 두 달에 한 번 꼴로 집에 간다. 우리가 집에 간 주말에도 선글라스는 늘 바빴다. 아슬아슬한 야구팀 인원을 채우기 위해 전국 각지를 찾아다니며 부모님들을 설득해야 했다. 선후배가 감독으로 있는 야구부를 돌며 쓰다 남은 야구 장비를 챙겨 오거나 연습 경기 상대를 부탁했다. 난 그냥 선글라스가 일을 좋아한다고 생각했는데 그게 아니었던 걸까?

하긴 우리나라에서 청각장애인이 야구를 한다는 건 맨땅에 헤딩을 하는 것과 같다. 수화사전에는 '야구'라는 단어 외에는 야구용어조차 없다. 내야. 외야. 안타. 직구. 변화구. 이런 모든 야구 수화는 박상수 감독님과 충주성심학교 야구부 선수들이 함께 만들었다.

청각장애인을 위한 주루 플레이법도 선글라스의 작품이다. 우리는 주루 플레이를 할 때, 항상 수비수 뒤에 서도록 훈련받는다. 소리를 들을 수 없기 때문에 수비수가 뒤에서 움직이면 알아챌 수가 없다. 2루에서는 일반 선수들과는 달리, 두 걸음 뒤로 가서, 2루수와 유격수가 모두 보이는 위치에 선다. 두 걸음 손해를 본다. 들을 수 없기 때문에 수비수들의 움직임을 눈으로 잡고 있어야 한다.

선글라스의 수화 실력은 아이들과 대화하는 데 막힘이 없을 정도로 훌륭하다. 8년 동안 충주성심 야구부를 맡으면서 스스로 적극적으로 수화를 배웠다. 만일 선글라스가 충주성심 야구부 감독을 관둔다면 우리는 당장 새로운 감독과 의사소통에서부터 문제가 생길 것이다.

짐을 챙기는 선글라스에게 시원한 파워에이드를 하나 내밀었다.

"오토바이가 준 음료라 그런가? 더 시원하네!"

"감독님, 뭐 물어봐도 돼요?"

"뭐?"

"감독님은 왜 여기 계속 계세요?"

"오라는 데가 없어서 그런다, 이놈아."

"그럼 어디서 돈 많이 준다고 하면 바로 가시겠네요?"

"당연히 가야지. 근데 갑자기 그게 왜 궁금하냐?"

"아까 감독님 후배분이 돈 많이 준다고 스카우트 제의를 해도 저희 때문에 안 가는 거라고 하셨거든요."

"쓸데없는 소릴 했네. 오토바이, 네가 보기엔 감독님이 여기 왜 있는 거 같아?"

"글쎄요. 그게 좀……."

"내가 못 가는 이유가 한 가지는 확실하지."

"그게 뭔데요?"

"오토바이 너. 홍준석 사람 되는 것 좀 보고 가려고 그런다. 이렇게 음료수도 주는 거 보니까 슬슬 사람이 돼 가는 것 같기도 하고. 내가 떠날 때가 됐나? 하하하."

어우. 나 보고 사람이 되라는 거야? 말라는 거야?

어쨌든 선글라스가 달리 느껴졌다. 오늘부로 난 선글라스를 '감독님'으로 깍듯이 모셔야겠다고 다짐했다. 다른 별명 다 놔두고 그냥 감독님. '홍준석의 영원한 첫 감독님'이니까. 이건 의리의 문제다.

수화상식

야구

오른 주먹의 1지를 펴서 끝이 위로 향하게 세우고 왼손으로 오른 팔꿈치를 받치고 오른손을 반원을 그리며 안으로 돌립니다. (방망이로 공을 치는 것처럼 휘두르면 돼요.)

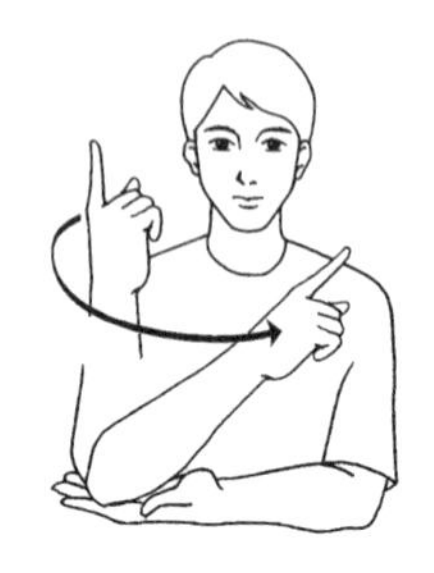

(출처: 한국수화사전)

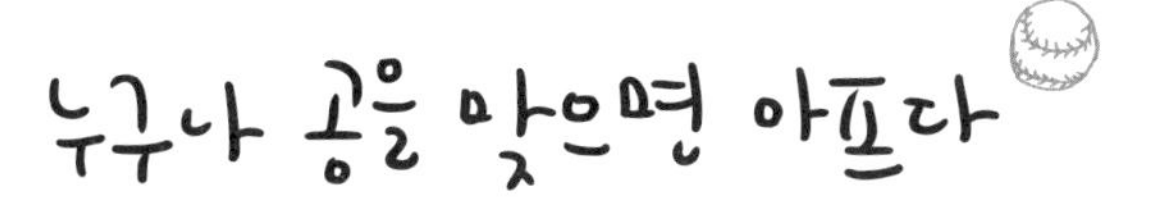

누구나 공을 맞으면 아프다

안경 원진이가 아프다. 하필 전국대회 네 번째 경기가 열리는 날이다. 속이 울렁거리면서 토할 것 같고 머리는 지끈거린다고 했다. 청주야구장으로 가는 길. 차 안에서 주름 샘과 꼬불머리 샘의 극진한 간호를 받았지만 결국 녀석은 버스를 세웠다. 길가에 멀건 토를 쏟아낸 원진이는 기운이 하나도 없어 보였다. 덩달아 야구부도 침체 모드다. 원진이 너, 성심의 분위기 메이커 맞다. 인정!

“오늘 상대는 공주고등학교야. 너희들도 잘 아는 한국 최초의 메이저리거 박찬호 선수, 박찬호 선수가 바로 공주고등학교 출신이야. 내야 수비, 수비 아주 잘해.”

주름 박정석 샘이 버스를 타고 가며 상대편 팀에 대해 간단히 브리핑을 했다.

"그래도 기죽지 마라. 지난번에 우리 6회 갔지? 이번엔 7회, 8회까지 가 보자. 점수도 한번 내 보자. 할 수 있습니까?"

"네에."

"자신 있습니까?"

"네에에!"

"하나, 둘, 셋."

"파이팅!"

천안북일고등학교와 6회를 간 후, 우리는 주름 샘과 한 경기당 1점씩 실점을 줄여 나가기로 약속했다. 그리고 한 경기당 한 회씩 더 해서 7회, 8회, 9회까지 가 보자고 했다. 원진이는 벤치 신세가 됐다. 감독님은 원진이 대신 구레나룻 준호를 우익수 자리에 세웠다. 주름 샘 말대로 공주고는 내야 수비진이 탄탄했다.

"오토바이. 어디다 공을 던져? 그렇게 높이 던지면 그 공을 누가 잡아? 날아가는 새도 못 잡아."

우리가 감독님한테 허구한 날 이런 구박을 듣고 산다는 걸 공주고 녀석들은 상상도 못할 것이다.

2011년 4월 17일.

오후 12시 30분.

청주야구장에서 공주고와의 경기가 시작되었다.

1회말.

충주성심의 공격. 귀염둥이 길원이가 1루 진루에 성공한다. 안타도 포볼도 아닌 황금 같은 몸에 맞는 공이다. 길원이가 허리를 잡고 뛰어나간다. 녀석은 그래도 웃는다. 그 마음은 공에 맞아본 내가 잘 안다. 이어지는 2번 타자는 인하. 감독님은 '번트 앤 도루' 사인을 낸다. 인하가 번트 자세를 취하는 순간 날쌘돌이 길원이가 2루를 향해 달린다.

도루 성공!

눈썰미가 좋은 길원이는 투수의 동작을 잘 읽는다. 와인드업만 봐도 견제가 들어올지, 아닐지를 순간적으로 판단한다. 길원이의 도루 성공률은 거의 100퍼센트에 가깝다.

길원이와 인하.

두 에이스를 마운드에 올려놓고 감독님은 오랜만에 맘껏 작전을 펼친다. 아마 모든 충주성심 선수들이 길원이와 인하 같다면 1승이 불가능한 꿈만은 아니었을 것이다. 그런데 감독님의 작전을 가만히 보니 저건 사인이 아니라 수화다.

"이번에는 번트 없어. 쳐. 가짜로 가는 척 해. 알겠지? 가짜야. 가는 척만 하는 거야!"

우리는 경기 중에도 이렇게 구체적이고 긴 대화를 한다. 들을 수 없기 때문에 야구를 할 때 불리한 점이 많지만 수화로 사인을 보낼 수 있다는 건 큰 장점이다. 타석에 섰을 때 감독님이 보내오는 사인을 보고 '어? 저게 뭐였더라?' 하며 멍한 표정을 지으면 감독님은 곧바로 수화로 지시를 내린다.

"번트해라. 맞추고 무조건 뛰는 거야."

그래도 불안하면 감독님은 지문자로 직접 하나하나 써 준다.

"ㅂㅓㄴ ㅌㅡ."

아무리 어리바리한 녀석이라도 '번트'라는 지문자를 놓칠 리는 없다. 인하가 낮은 땅볼을 쳤다. 고맙게도 상대 수비가 에러를 범하면서 길원이는 쏜살같이 3루까지 간다. 전국대회를 시작하고 처음으로 3루를 밟았다. 길원이가 홈을 밟으면 전국대회 첫 득점이 된다.

다음 타자는 3번 타자인 인교. 중견수인 인교는 충주성심학교 야구부에서 길원이, 인하 다음으로 야구를 잘한다. 더그아웃에서 지켜보는 우리는 하나같이 입술이 바짝바짝 타들어 갔다.

"무조건 번트해라."

짧고 절도 있는 감독님의 사인. 공주고 투수가 와인드업을 하는 순간 길원이가 홈을 향해 달리기 시작한다. 인교가 번트 자세를 취한다. 그런데 공이 높다. 폴짝 뛰며 높은 공에 방망이를 대 보려 하지만 공은 인교의 방망이를 지나 공주고 포수의 글러브 안으로 휙 들어간다.

"돌아가! 3루로 돌아가!"

감독님이 소리치며 사인을 보내지만 길원이는 이미 감독님에게 등을 보였다. 감독님을 등진 길원이는 감독님의 목소리를 듣지도 못하고 사인을 보지도 못한다. 홈에 거의 다 온 길원이. 그때서야 사태를 깨닫고 돌아서서 3루를 향해 뛰기 시작한다. 그러나,

"아웃."

전국대회 첫 득점의 기회가 날아갔다.

길원이는 3루 베이스에서 고개를 숙이고 무릎 꿇고 앉아 한동안 일어서지 못했다. 작고 동그란 등에 짙은 아쉬움이 배어 나왔다.

첫 득점에 실패한 후, 우리는 다시 예전의 무기력한 모습으로 돌아가 버리고 말았다. 제대로 된 공격 한 번 못해 봤다. 그저 방망이를 들고 타석에 서서 벌벌 떨고 있었다.

13 대 0.

5회 콜드게임 패로 경기가 끝났다.

"버스에 빨리 타라. 늑장 부리지 말고."

길원이는 한동안
일어서지 못했다.

주름 샘이 재촉한다. 아까부터 주름 샘의 표정이 좋지 않다. 학교로 돌아가는 길. 충주대학교 앞에서 갑자기 버스가 멈췄다.

“위에 입은 점퍼 벗고 다 내려.”

야구를 시작한 지 1년이 지나도록 이런 적은 처음이다. 우리는 충주대학교 앞에 둥그렇게 모여 섰다. 주름 샘이 수화가 잘 보이도록 조금 높은 곳으로 올라섰다.

“지난번 천안북일고와 경기를 하고 나서 선생님은 정말 기분이 좋았다. 우리도 하면 된다고 생각했다. 희망이 보였다. 한 경기마다 1점씩 점수를 줄여 나가자고 선생님하고 약속했다. 선생님은 너희가 한 경기 한 경기 해 나갈 때마다 조금씩 더 나은 모습을 보여 주리라 기대했다. 그런데 오늘 경기는 정말 실망스러웠다. 다시 원점으로 돌아가 버린 것 같다.”

주름 샘이 공을 든 손을 높이 들었다.

“야구장에서 공이 높이 떴어. 이 공이 너희가 청각장애인인 거 알아? 몰라?”

“…….”

“대답 해 봐. 알아? 몰라?”

“몰라요.”

“공은 너희들이 청각장애인인 거 몰라. 맞지?”

“네.”

"그럼, 공이 일반 사람들에게는 잘 잡히고 청각장애인은 무시해서 잡히지 않니? 청각장애인하고 공 잡는 거하고 관계가 있어? 없어?"

"없어요."

"오늘 네 번째 시합이야. 세 번째, 네 번째 똑같은 실수 반복하는 건, 너희들이 시합에 집중하지 않았고 노력이 부족했기 때문이야."

주름 샘이 저렇게 화가 난 건 처음 본다.

"일반 학생은 공 맞으면 아프지 않을까?"

"……."

"누구나 공을 맞으면 아파. 맞지?"

"네."

"일반 학생들도 공을 맞으면 아파. 아파도 참고 막아. 그런데 너희들은 어때? 아플 거 같으니까 미리 피해. 무슨 차이가 있어? 마음. 마음의 차이야. 너희에게는 지금 이걸 꼭 잡아야겠다는 마음이 없는 거야. 나는 청각장애인이기 때문에 실수해도 괜찮아. 그렇게 생각하는 거야. 할 수 있다는 걸 보여 주기 위해서는 변화해야 해. 생각을 바꿔야 해. 실수하면 '아, 속상해!' '화 나.' 스스로 화가 나고 더 잘해야겠다는 생각을 해야 해. 그런 생각이 없으면 발전은 없어. 여기서부터 학교까지 10킬로

공주고와의 시합 후,
우리는 버스에서 내려

10킬로미터를 달렸다.

미터를 달릴 거야. 학교까지 달려가면 정말 힘들 거야. 힘들어도 참으면서 생각해. '나는 할 수 있다.' '나는 할 수 있다'는 생각을 해. 미리 말해 두겠는데 이 중에서 한 사람이라도, 한 사람이라도 중간에 포기하면 다시 버스 타고 와서 여기서부터 다시 뛸 거야. 알겠습니까?"

"네."

"목소리가 작다, 알겠습니까?"

"네에"

주름 샘이 대열 맨 앞에 섰다. 한 손을 높이 올려 손가락으로 수를 센다.

"하나, 둘, 셋!"

"파이팅!"

500미터, 또 500미터.

경기를 막 치른 뒤라 달리는 건 힘들었다. 4월 중순. 길가에는 벚꽃이 피어 있었다. 교외에서 시작해 충주 시내로 강둑을 따라 뛰고 또 뛰었다. 몸이 마른 현배는 점점 눈 깜빡거림이 빨라지더니 팔 다리가 따로따로 춤을 춘다. 원진이는 아픈 배를 잡고 뛰고 있다. 주름 샘의 등이 땀으로 젖었다. 마흔이 넘은 선생님은 우리보다 더 힘들 것이다. 주름 샘의 발걸음이 조금씩 흐트러지고 있는 것이 느껴진다. 모두 무슨 생각을 하고 있을까? 주름 샘이 밉다고 생각하고 있을까? 단지 힘들다는 생각을 할까?

작년 5월. 주름 샘이 야구를 하자고 했을 때, '백날 꼬드겨 봐라 내가 넘어가나!'라고 장담했었다. 포기는커녕 매일 찰거머리처럼 한 번만 연습장에 나와 보라는 주름 샘 때문에 글러브를 처음 만져 봤다. 프로야구선수가 되겠다는 길원이를 보면서 나도 해 볼까? 막연한 꿈도 꿨다. 주장이 됐고, 여기까지 왔다.

2011년 4월 17일. 일요일 오후.

충주대학교 앞에서 시작해 학교까지 10킬로미터를 뛰었다. 3층 재활원 방까지 후들거리는 다리를 끌고 어떻게 기어올라왔는지 기억도 나지 않는다.

샤워를 했다. 내 몸속에 쌓여 있던 게으름과 나태함이 땀과 함께 씻겨 나가는 것 같았다. 이불을 펴고 자리에 누웠다. 피곤했지만 눈은 더 말똥말똥해졌다. 한 번도 경험해 보지 못한 낯선 기분으로 그 밤을 보냈다.

수화상식

맞다

5지를 접고 나머지 손가락을 펴서 왼쪽으로 향하게 세운 오른손의 1지 옆면을 턱 중앙에 댑니다. (주름 박정석 선생님이 가장 많이 쓰는 수화입니다. 아이들이 선생님의 말을 이해했는지 확인하기 위해 매번 "맞지?"라고 확인해요.)

(출처: 한국수화사전)

인교의 야구

야구부실을 들어서는데 분위기가 무겁다. 인교가 주름 샘과 이야기하고 있다.

"선생님. 야구 그만하고 싶습니다."

"왜?"

"이길 수 없는데 왜 계속하죠?"

"인교는 야구를 그만두고 뭐 하고 싶은데?"

"아직 모르겠어요."

"그럼 인교야, 네가 정말 하고 싶은 게 결정되면 다시 와."

인교가 내 옆을 휙 지나쳐 야구부실을 나간다. 중견수인 인교는 외야수 중에 가장 믿음직스런 녀석이다. 인교가 없으면 시합은 더 어려워질 것이다.

"인교 야구 그만두면 어떡해요?"

"……."

"선생님. 1승 하려면 인교 잡아야죠!"

"인교 마음이야. 인교가 그만두겠다는 생각이 굳으면 어쩔 수 없어. 이번 시즌까지라도 뛰면 좋을 텐데……."

급히 밖으로 뛰어나갔다. 인교가 저만치 걸어가고 있는 게 보였다. 뒤에서 불러 봐야 소용없으니 녀석을 따라잡아 앞을 가로막고 섰다.

"인교야. 이야기 좀 해."

"무슨 얘기?"

"정말 야구 그만두고 싶어?"

"계속 지는 야구 재미없어."

"그럼 1승을 하면 되잖아."

"1승. 가능하다고 생각해?"

"네가 있으면 가능해."

인교는 늘 훈련을 힘들어했다. 특히 타격연습을 싫어했다.

"500번 휘둘러 뭐해?"

인교가 자주 투덜거렸다. 손이 까질 때마다 아프다고 징징거렸다. 나는 그저 인교의 투정이라고 생각했다. 인교는 운동감각이 뛰어나지만 움직이는 걸 싫어했다. 길원이처럼 프로야구 선수를 꿈꾸지도 않았고 야구로 미래를 그리지도 않았다.

어제 10킬로미터를 함께 뛰면서 인교와 난 전혀 다른 생각을 했다. 나는 아파도 참고 공을 잡아야겠다고 생각했고 인교는 지는 야구는 소용없다고 생각했다. 하지만 이대로 인교가 야구를 그만두게 해서는 안 된다. 1승을 하려면 인교가 꼭 필요하다.

“인교야. 그럼 올해 열두 경기만이라도 뛰면 안 될까?”

“시간 낭비.”

“왜 시간 낭비야?”

“나 야구 싫어. 왜 계속 야구해?”

인교는 지금 당장 야구를 그만두고 공부를 시작하고 싶다고 했다. 1초라도 운동장에 있는 시간이 아깝다고 했다. 나는 야구부실로 돌아왔다. 인교를 설득하려면 내게도 좀 더 분명한 이유가 필요했다. 인교를 대신해 주름 샘에게 물었다.

“선생님. 우리 왜 야구해요? 길원이는 프로야구선수가 될 꿈이 있지만 인교나 나는 왜 야구를 해야 하나요? 어차피 듣지도 못하는 우리가 일반 애들 상대로 이기긴 힘들잖아요.”

“준석아, 다리 이리로 뻗어 봐.”

주름 샘은 대답 대신 내 다리를 주무르기 시작했다. 그렇게 한참동안 다리 마사지를 해 주었다.

“이제 좀 괜찮아?”

"네."

"처음 뛰면 다리 근육이 뭉쳐서 힘들어. 풀어 줘야 해."

"감사합니다."

"선생님은 왜 야구를 하자고 할까? 그래, 준석이가 궁금하겠다. 선생님이 처음 생활지도부장을 맡았을 때 정말 이해가 안 갔어. 아이들이 맨날 야동 보고 컴퓨터 게임이나 하고. 삶의 목표도 없이 살아가는 게 너무 답답했지. 그런데 어느 날 거꾸로 한 번 생각해 봤어. 내가 만일 듣지 못한다면 어땠을까? 뭘 하고 싶었을까? 공부를 잘해도, 꼴등을 해도, 결국 졸업하면 모두 공장으로 가. 공장으로 가서 핸드폰이나 텔레비전에 부품을 끼우는 단순조립공이 되는 거야. 선배들이 그랬던 것처럼. 그때서야 이해가 가더라고. 희망도 미래도 없어. 그러니 뭘 열심히 할 생각을 안 하는 거지."

"선생님, 야구하면 공장 안 가요?"

"졸업한 선배 중에 야구로 대학을 간 사람은 5명뿐이야. 나머지는 모두 공장으로 갔어. 하지만 목표가 있는 사람과 아무런 목적 없이 사는 사람은 눈빛부터 다르다고 생각 해. 내가 이 공을 잡아야겠다. 날아오는 공을 배트로 기필코 맞추어야겠다. 야구를 하면 그런 목표가 생기거든. 인생사는 것도 똑같아. 난 그걸 알려 주고 싶어."

"선생님. 그래도 1승은 힘들잖아요? 맨날 지기만 하니까 저도 사실 힘이 빠져요."

"1승이 우리 목표는 맞아. 그렇지만 1승만큼 중요한 건 과정이라고 생각해. 야구를 하면서 배우는 건 아주 많아. 야구는 좋은 경험이야. 야구는 운동장에서 하는 거지만 어떻게 보면 우리 인생과 똑같아. 함께 생활하고 함께 목표를 향해 나가지."

주름 샘은 야구를 통해 성취의 기쁨을 가르쳐 주고 싶다고 했다. 야구부 출신 선배 중에는 공장에 갔다가 다시 돈을 모아 대학에 간 선배도 있다고 한다. 선생님은 처음에 돈 낭비라고 반대했지만 그 선배는 자신이 진정으로 원하는 것을 찾았기 때문에 목표를 향해 나아갔다. 스스로 돈을 모아 대학을 갔고 사회복지사가 되었다. 야구를 하면서 자신이 정말 원하는 것이 무엇인지를 찾게 되었다고 한다.

"선생님. 인교에게도 그렇게 이야기 해 주면 되잖아요."

"이야기했지. 그렇지만 인교가 마음을 닫았어. 듣지 않아."

주름 샘은 야구가 좋은 경험이라고 했고 인교는 시간 낭비라고 했다. 나는 인교를 어떻게 설득해야 할까?

엄마의 눈물

10킬로미터 뛰었다고 발바닥에 콩알만 한 물집이 잡혔다. 엄마한테 사진을 찍어서 보냈더니 'ㅠㅠ'가 가득한 폭풍 문자가 날아왔다.

ㅠㅠ 우리 아들 얼마나 많이 아팠쪄? ㅠㅠ 걸음은 제대로 걸을 수 있는 거야? ㅜㅜ

박 선생님 너무 하신다 미워~ ㅠㅠ 보고 싶어 아들~. 언제 올 거야~~?

충주공용버스터미널에서 시외버스를 탔다. 두 달 만에 집에 가는 거다. 충주에서 청주까지는 시외버스로 한 시간. 집에 가려면 다시 시내버스를 타고 40분을 더 가야 한다. 묵방리에 내렸다. 마을 곳곳에 젊은 엄마와 어린 내 모습이 있다. 내가 청각장애인 판정을 받았던 그해. 다섯 살 아래 동생은 아직 엄마 배 속에 있었다. 만삭인 엄마는 울지도 못했다.

"준석아, 걱정하지 마. 우리 준석이, 엄마가 꼭 말할 수 있게 해 줄게."

갓 태어난 동생은 외할머니 댁으로 보내졌다. 동생은 엄마 없는 유년기를 보냈다. 엄마는 날 이끌고 유성에 있는 언어치료실을 다녔다. 언어치료를 하는 곳이 많지 않았던 그 시절, 복지관에서는 구화수업을 일주일에 한 번만 했다. 엄마는 유성을 이 잡듯이 뒤져서 다섯 군데 복지관에 월, 화, 수, 목, 금, 수업을 따로따로 끊었다. 매일 유성의 곳곳을 찾아다녔다. 간식 보따리를 싸들고 버스를 타고 다시 마을버스를 갈아탔다. 나는 멀미가 나서 자주 토했다. 다리가 아프다고 칭얼거리면 엄마는 날 업었다. 엄마는 내게 들리지 않는 소리를 주기 위해 안간힘을 썼다. 어린 시절 구화를 배우는 건 너무 어려웠다. 구분이 안 되는 입모양이 너무 많았다.

노래. 모래.

모두 같아 보였다. 시옷은 더 입술을 읽기 힘들었다.

수치다, 스치다.

구분이 안 된다. 입술을 보며 시각적으로 말소리를 완벽하게 읽어 낼 수는 없다. 많은 부분은 추리를 해야 한다.

"준석 어머니, 나가서 기다리면 안 될까요? 다른 친구들도 있는데……."

"방해 안 하고 조용히 지켜보기만 할게요. 부탁드려요."

엄마는 언어 치료실에서도 유별났다. 좁은 교실 뒷자리에 앉아 모든 수업을 지켜봤다. 선생님의 교수법을 알아야 복습을 제대로 해 줄 수 있다고 믿었기 때문이다. 선생님이 숙제를 흑백 프린트물로 내주면 엄마는 그걸 일일이 색연필로 색칠을 해 알록달록 컬러 프린트물로 만들었다. 엄마의 노력을 외면할 수 없어 구화학원을 9년이나 다녔다.

"이머! 아드으을!"

문소리를 듣고 주방에서 엄마가 달려 나온다.

"이번 주에는 못 나온다고 했잖아? 발 괜찮니? 어디 좀 보자. 양말 벗어 봐."

다행히 물집은 잘 아물었다. 이번에는 얼굴 확인이다.

"박 선생님은 네가 선크림 공장 아들처럼 얼굴에 범벅을 하고 다닌다던데. 어쩜 이렇게 시커멓게 탔니?"

오늘따라 엄마는 더 야단스럽다.

"어떡해. 어떡해. 지난번보다 더 까졌네. 약은 발랐어? 우리

아드을, 얼마나 따갑고 쓰라릴까?"

다른 친구들보다 늦게 야구를 시작한 나는 손에 굳은살이 적다. 무거운 배트를 들고 스윙 연습을 하다 보면 아무리 장갑을 껴도 손바닥이 까졌다. 벗겨지고 아물고, 또 벗겨지고. 그러면서 나의 손은 점점 야구선수 손다워지고 있다.

"엄마, 또 울어?"

물집, 까마귀 얼굴, 걸레가 된 손바닥. 이 세 가지가 결국 엄마를 울렸다. 이렇게 맨날 울 거면 야구를 시키지 말았어야지.

"아들 불쌍하면 팩이라도 해 주든가."

"아, 그럴까? 그럼 현미팩 해 줄게. 잠깐 기다려. 엄마가 금방 준비할게."

차갑고 걸쭉한 덩어리를 묻힌 붓이 살살 얼굴을 간질인다. 볼, 이마, 콧잔등. 콧구멍과 두 눈만 빼고 팩을 덮었으니 얼굴 전체가 석고상이 됐다. 집에 온 실감이 난다. 엄마 냄새가 좋다. 가슴 위에 올려놓은 손가락 몇 개를 움직여 가만히 수화를 한다.

'고마워요, 엄마. 날 포기하지 않아서.'

이럴 땐 수화가 쓸모 있다. 가만히 움직이는 손놀림을 엄마는 알아채지 못했을 거다. 좀 더 내가 단단해지면 엄마에게 고맙다고 소리 내어 이야기할 수 있을 것이다. 지금 내가 말로 하면 엄마는 틀림없이 또 울고 말 거다.

내 기억 속에서 엄마의 눈물을 처음 본 건 초등학교 3학년 때였다.

"엄마, 물어볼 게 있어요."

"우리 준석이 뭐가 궁금해?"

"내 병은 언제 다 나아요? 얼마나 크면 보청기 안 끼고 살 수 있어요?"

엄마가 고개를 돌렸다. 한참 뒤에 돌아선 엄마의 눈가가 빨개져 있었다.

"미안해, 준석아. 엄마가 정말 미안해. 준석이가 못 듣는 건 다 엄마 때문이야."

엄마의 눈에서 눈물이 쉼 없이 흘러내렸다. 소리 없는 엄마의 울음이 왠지 더 슬펐다.

"준석아. 엄마는 어쩜 그렇게 바보 같았을까? 폐렴으로 입원했을 때 귀도 의심했어야 했는데. 왜 열만 내리길 바랐을까? 다 엄마 탓이야."

엄마는 울 줄 모르는 사람이라고 생각했었다. 동생을 외할머니 댁에 맡기고 돌아설 때도, 친구들이 나를 재미없는 아이라고 놀릴 때도, 엄마는 내 앞에서 눈물을 흘린 적이 없었다.

"준석아. 청각장애는 낫지 않아. 우리 준석이, 어른이 돼도 보청기를 해야 해. 우리 준석이 가여워서 어떡하지?"

청각장애가 낫지 않는다는 것. 평생 보청기를 끼고 살아야 한다는 충격보다 엄마가 우는 게 더 싫었다. 내 앞에 주저앉은 엄마의 머리를 가만히 만져 주었다. 엄마가 이렇게 힘들었구나. 엄마는 내 귀를 멀게 했다는 미안함 때문에 더 내 구화에 매달렸는지도 모른다.

엄마의 눈물을 다시 본 건 내가 중학교 3학년 때였다.

중학교에 입학하면서부터 쌓였던 응어리가 곪고 곪아 터진 것이 그 무렵이었다. 입학한 날부터 학교가 싫었지만 "이곳이 견딜 수 없어요."라고 엄마에게 말할 수 없었다. 나를 위해 살아 온 엄마를 실망시키고 싶지 않았다. 통합교육을 나간 친구들 대부분이 그랬다. 심한 경우에는 고등학교 때 충주성심으로 다시 돌아왔는데 한글을 제대로 못 깨친 경우도 있었다. 책가방을 들고 학교를 가고 교실에 앉아 있으니 부모님은 아이가 공부를 잘하고 있다고 생각했을 것이다. 하지만 대다수의 아이들은 그냥 앉아서 견딘 것이다.

결국 나는 엄마를 실망시켰다. 친구들과 어울려 다니다 오토바이 사고를 냈다. 다시 오토바이를 타겠다고 대들었다. 매일 밤 밖으로 돌며 일진 친구들과 어울렸다.

그날 새벽에도 친구들을 만나러 나가겠다고 떼를 썼다. 엄마가 나를 감싸 안으며 말렸다.

"준석아, 너무 늦었어. 이 시간에 어딜 간다는 거야?"

"친구들이 기다려요."

하루 종일 학교에 앉아 있다 보면 가슴이 답답해서 미칠 것 같았다. 가슴에 불이 났다. 오토바이라도 타고 달려야 가슴의 불덩이가 가라앉았다. 울면서 잡는 엄마의 팔을 뿌리치고 현관으로 가는데 아빠가 막아섰다.

"방으로 들어가."

아빠는 단단히 화가 나 있었다.

"어차피 공부도 안 할 건데 집에 있음 뭐해요?"

"이 녀석. 들어가. 방으로 들어가라니까!"

"그래, 준석아. 내일, 내일 나가."

다시 나를 잡는 엄마를 뿌리치고 나가려는데, 아빠가 내 뺨을 때리려고 손을 들었다. 순간 나도 모르게 아빠의 손목을 잡았다. 아빠가 손목에 다시 힘을 주었다. 나도 잡은 손에 힘을 주었다. 눈을 들어 아빠를 보았다. 아빠의 눈빛이 흔들렸다. 그날 아빠는 이제 힘으로 나를 이길 수 없다는 걸 알게 되었다.

엄마가 충주성심학교로 박정석 샘을 만나러 간 건 그 일이 일어난 지 며칠이 지나서였다. 성심에 나를 두고 돌아서면서 엄마는 또 눈물을 훔쳤을 것이다. 내가 일반고등학교 졸업장을 받는 것이 엄마의 소원이었다. 청각장애를 극복하고 통합교육에 성공했다는 걸 세상 사람들에게 보여 주고 싶었을 엄마. 나는 끝내 엄마의 소원을 들어주지 못했다.

한 30분을 잔 것 같다. 엄마는 팩을 떼어 내고 있었다.

"아드을, 가서 세수하고 와."

세수를 하고 돌아오자 엄마가 내 얼굴을 이리 저리 돌려 보았다.

"어디 우리 아들 인물 좀 보자. 역시 우리 아들이 최고야. 나 닮아서 잘 생겼어. 호호."

엄마는 꼼꼼하게 얼굴 여기저기를 로션으로 마시지해 주었다. 내가 외모에 신경을 쓰는 것도 엄마를 닮아서다.

"준석아. 만일 그때 충주성심학교를 가지 않고 일반고등학교를 갔으면 지금 학교 다니고 있을까?"

"아마 중간에 관뒀겠죠."

매일 폭탄을 안고 살았던 내가 성심으로 오지 않았다면 결과는 뻔하다. 사고를 치고 학교에서 쫓겨났을 것이다.

"준석이 요즘 얼굴이 굉장히 편안해 보여."

"여기 이마 중간에 있던 주름. 많이 없어졌죠?"

"그러네. 아마 준석이가 이제 청각장애인이란 걸 마음으로 받아들여서 그런 거 아닐까?"

마음이 편해진 건 맞다. 중학교 때는 늘 긴장하고 사람들의 말을 못 알아들을까 봐 날카롭게 신경을 세우고 있었다. 충주 성심에서 수화를 배우면서는 녀석들과 대화하는 게 편해졌다. 구화를 할 때처럼 온 신경을 집중해서 입을 쳐다볼 필요가 없었다. 하지만 아직 보청기를 드러내놓고 낄 만큼 당당하진 못하다. 내가 머리를 기르기 시작한 것도 보청기 때문이었다. 보청기를 낀 귀를 가릴 만큼 언제나 머리를 길렀다.

중학교 때, 나에게 관심을 보이는 여학생들이 종종 있었다. 버스를 타고 학교로 가는 동안 여학생들은 자주 나를 흘끔흘끔 쳐다보았다. 용기를 내어 내게 말을 걸어오는 여학생들도 있었다. 언제나 여학생들이 먼저 내게 다가왔다. 내 귀가 들리지 않는다는 걸 알게 되면 여학생들의 반응은 비슷했다.

"아깝다. 너 잘생겼는데."

여학생들은 청각장애인과 사귀는 건 처음이라며 신기해한다.

"뭐?"

"영화, 한국영화."

"한국영화 뭐?"

"됐어."

그 아이는 입을 닫았다.

"한국영화 보러 가자는 거야?"

"됐다니까."

패스트푸드점에 오는 게 아니었다. 보청기를 꼈지만 소리는 윙윙거릴 뿐 전혀 도움이 되지 않았다. 어수선한 분위기 때문에 나는 앞자리 여학생의 입술을 자주 놓쳤다. 내 질문이 반복되자 그 아이는 입술을 조개처럼 꽉 닫았다.

✉ 네가 좋은 애라는 건 알아. 하지만 늘 신경 써야 하는 건 부담스러워.

문자로 이별 통보가 온다. 잘생겼다. 좋은 사람이다. 그 어떤 장점도 듣지 못한다는 벽을 넘지는 못했다. 많은 여학생들과 사귀었지만 누구와도 깊게 사귀지 못했다.

"준석아. 요즘은 수화가 편해? 아니면 말하는 게 편해?"

엄마가 나의 수화실력을 궁금해한다.

"아직은 말하는 게 편해요. 요즘은 성심에서 친구들과 수화로만 이야기하니까 말을 잊어먹는 것 같아요."

"근데 준석아. 엄마가 준석이를 왜 성심에 보냈는지 알아?"

"미워서 보냈겠죠."

“그건 맞아. 중3 땐 정말 미웠어.”

“그때 내가 잠깐 미쳤었나 봐요.”

“알긴 아는구나! 엄마가 학교에 불려간 날이었는데 그날따라 준석이 네 이마의 주름이 눈에 확 들어오더라. 여기 이 찡그린 주름을 보면서 ‘어쩌면 준석이에게 일반학교가 너무 힘든 건지도 모르겠다!’ 이런 생각이 들었어. 일반학교를 고집하는 것이 ‘준석이 너를 위한 것이 아니라 엄마를 위한 것은 아닐까?’ 이런 생각이 들었어.”

엄마가 나를 충주성심학교에 보내기로 결심하게 된 이유는, 내가 청각장애인이라는 것을 인정했기 때문이라고 한다. 구화를 가르치고 일반학교에 보내는 동안 엄마는 아들이 청각장애인이라는 걸 늘 부정하고 있었다고 한다. 그리고 어느 날 그 부정이 나를 힘들게 하고 있다고 느꼈다. 엄마로서는 쉽지 않은 결심이었을 것이다.

“준석아, 늘 보청기 껴. 네가 청각장애인이라는 거 부끄러워하면 안 돼. 눈이 나쁘면 안경을 쓰잖아? 똑같아. 귀가 들리지 않으면 보청기를 끼는 거야.”

언제쯤 나는 자신 있게 보청기를 드러내고 다닐 수 있을까? 청각장애인이란 사실을 당당하게 받아들일 수 있을까? 아직은 내게 시간이 조금 더 필요하다.

더미 호이

"5달러?"

안경 원진이가 버스 창에 찰싹 달라붙었다.

"원진아. 창에 침 묻어! 윽, 드러."

"준석아. 다 5달러래!"

가게 벽면에 큼지막하게 '5dollars'라고 쓰여 있다. 원진이는 너무 신이 났다. 자기가 아는 단어가 나왔기 때문이다. 우리는 지금 버스를 타고 미국 워싱턴 D.C.로 가고 있다. 50인승쯤 돼 보이는 무지 긴 이 버스에는 맨 뒤에 화장실까지 있다.

5월. 충주성심학교 야구부의 달력은 비어 있었다. 53개의 고교야구팀 중에서, 전반기 주말리그 예선전을 통과한 28개의 팀만이 5월 한 달 동안 제65회 황금사자기 전국고교야구대회 겸 주말리그 왕중왕 전에 참여한다.

우리는 물론 전반기 주말리그 다섯 경기를 깔끔하게 모두 콜드게임 패로 끝냈다. 그러니 5월에는 경기가 없다. 텅 비어 있는 달력을 보고 좋아하고 있는데, 주름 샘이 난데없이 미국으로 가자고 했다. 미국 워싱턴 D.C.에 있는 갤러뎃 대학교(Gallaudet University)는 세계에서 유일한 청각장애인을 위한 대학교다. 갤러뎃 대학교 부속 고등학교인 MSSD(Model Secondary School for the Deaf)에서 우리 팀을 초청했다. MSSD는 미국 청각장애인 고교야구대회인 더미 호이 대회에서 우승한 학교다.

우리에게 학교를 안내하기 위해 갤러뎃 대학교에서 두 명의 가이드가 나왔다. 크리스와 패트릭. 남자인 내가 봐도 미남인 두 사람은 모두 청각장애인이다. 크리스는 짧은 머리에 하늘색 티셔츠를 입었는데 갭(GAP) 모델 같은 느낌이다. 무엇보다 두 사람의 밝은 표정이 인상적이었다.

"갤러뎃 대학교에는 학부생과 대학원생 그리고 부속 고등학교 학생을 포함하여 약 1,800명의 청각장애인이 함께 공부하고 있습니다."

패트릭이 갤러뎃 대학교 전반에 대해 소개해 주었다. 이때 통역을 하는 상황이 좀 독특하다. 크리스와 패트릭이 영어수화를 하면, 수화를 영어로 통역을 하고, 영어를 다시 한국어로 옮

갤러뎃 대학교의 가이드,
크리스와 패트릭.

두 사람 모두 청각장애인이다.

기면, 서문은경 샘이 우리에게 한국수화로 통역해 주었다. 4중 통역이다.

영어수화와 우리나라 수화가 다르다는 것이 나에게는 충격이었다. 말도 아니고 수화인데 전 세계가 하나의 수화를 쓰면 될 텐데 나라마다 수화가 다르다니……. 나는 심통이 나서 앞서가는 꼬불머리 샘의 머리를 잡아당겼다.

"아야야, 아파라. 준석이 너!"

"아, 짜증나."

"아이고, 또 뭐가 불만이세요, 준석 씨?"

"샘, 억울해요. 난 수화 하나면 전 세계에서 다 통하는 줄 알고 열심히 배웠다고요!"

"아이고, 게으른 준석 씨. 억울해서 어떡해요? 미국에 오려면 영어도 배우고 영어수화도 따로 배워야 하는데."

"수화를 하나로 만들면 안 돼요?"

"그건 모르겠고, 준석이 너 여기서 수화로 형, 동생 하지 마!"

"왜요?"

"형, 동생 수화가 영어로는 'Fuck You'가 되거든."

"그러네. 형 동생 못하겠네."

나는 얼른 손가락을 내렸다.

크리스가 우리를 총장실로 안내했다. 벽에는 역대 총장들의 사진이 붙어 있었다.

"Do you know DPN?"

크리스가 우리를 둘러본다.

"DPN(Deaf President Now!)은 1988년 갤러뎃 대학교에서 일어난 '총장을 청각장애인으로!'라는 운동입니다. 갤러뎃 대학교는 1864년에 설립되었지만 처음부터 총장이 청각장애인이었던 것은 아니었어요. DPN 운동으로 아이 킹 조단(I King Jordan)이 청각장애인으로서는 최초로 8대 갤러뎃 총장이 되었습니다."

DPN 운동을 소개하는 크리스의 눈에 자부심이 가득하다.

"총장. 청각장애인!"

"뭐? 총장?"

우리 모두의 눈빛이 반짝였다. 청각장애인은 아무것도 할 수 없다는 생각에 젖어 있는 우리에게, 총장이 청각장애인이라는 사실은 신선한 충격이었다.

마지막으로 크리스가 우리를 안내한 곳은 호이 구장(Hoy Field)이었다. 이곳에서 내일 MSSD와 경기를 하게 된다.

"이곳 호이 구장은 최초의 청각장애인 메이저리거인 더미 호이의 이름을 따서 지은 것입니다. 더미 호이는 우리 청각장

최초의 청각장애인 총장
아이 킹 조단(I. King Jordan)

애인들에게는 전설적인 야구선수 베이브 루스(Babe Ruth, 미국에서 가장 인기가 많았던 프로야구 선수로 메이저리그를 대표하는 홈런 타자) 같은 존재입니다."

호이 구장 한쪽에는 더미 호이를 추모하는 기념비도 세워져 있었다.

"더미 호이는 1888년 메이저리그 선수가 되었어요. 원래 그의 이름은 윌리엄 엘즈워스 호이(William Ellsworth Hoy)였는데, 듣지 못하는 호이에게 '더미'라는 애칭을 붙여서 사람들은 그를 더미 호이라고 불렀습니다. 그는 1884년에 야구에 입문해서, 위스콘신의 오시코시팀에서 처음 선수 생활을 시작했습니다. 야구 경기를 보면 심판이 수신호를 하죠? 그러나 야구경기에서 처음부터 이 수신호를 사용한 것은 아닙니다. 더미 호이가 야구를 시작했던 시절에는 야구 수신호가 없었습니다. 듣지 못하는 더미 호이는 볼 카운트를 도저히 알 수가 없었죠. 어느 날 더미 호이는 삼루코치에게 볼과 스트라이크를 그에게 수신호로 알려 줄 것을 부탁했습니다. 그 제안이 받아들여져 이후 야구 심판들은 소리를 지르면서 수신호를 함께 사용하게 되었습니다. 우리가 매일 보는 야구의 수신호. 바로 청각장애인 야구선수 더미 호이에게서 시작된 것이죠."

사람들은 청각장애인이 야구를 하면 '왜 불가능한 일에 도전

하느냐?'고 묻는다. 그런데 청각장애라는 불가능을 딛고 이미 100년 전에 메이저리그 선수가 된 사람이 있었다. 프로야구선수가 되고 싶다는 길원이의 꿈은, 허황된 꿈이 아니라 실현 가능한 현실의 꿈이다. 이미 누군가가 걸어간 길이었다. 갤러뎃 대학교는 내가 이제껏 경험해 보지 못한 새로운 세상을 보여 주었다.

점심을 먹기 위해 갤러뎃 대학교의 구내식당에 들어서다 나는 전율했다. 넓은 갤러뎃 구내식당을 가득 채운 수백 명의 사람들이 모두 수화를 쓰고 있었다. 수백 명이 앉아서 파리채를 날리는 장면은 충격적이면서도 비현실적이다. 마치 가상의 세계로 들어온 것 같다. 이곳에서 수화를 하는 사람은 더 이상 눈에 띄는 사람이 아니다. 수화를 쓰는 나는 지극히 정상이었다. 학교 투어를 마치고 나서 패트릭이 우리에게 물었다.

"갤러뎃에 오고 싶은 사람 있어요?"

길원이가 번쩍 손을 들었다. 나도 슬쩍 손을 들었다.

"입학하려면 뭐가 필요하죠?"

나는 용기를 내어 물었다.

"우선 영어와 영어수화를 잘해야죠."

나는 마음속으로 갤러뎃이라고 써 본다. 어쩌면 내 미래가

1888년, 더미 호이는 메이저리그에 데뷔했고
워싱턴 세너터스(Washington Senators)에서 뛰었다.
데뷔 첫해에 무려 82개의 스틸을 달성하기도 했다.
키는 작았지만 발이 빠르고 센스 있는 선수였던
더미 호이는 메이저리그 역사상 가장 위대한 청각장애인 선수다.

이곳에서 펼쳐질지도 모를 일이다.

2011년 5월 7일.

갤러뎃 부속고등학교 MSSD와의 경기가 있었다. 덩치 큰 아이들이 호이 구장을 가득 메웠다. MSSD 선수들의 덩치는 딱 우리 두 배다. 알루미늄 배트를 사용하긴 하지만 일단 쳤다 하면 홈런이다.

"힘. 장난 아냐."

포수석에 앉아 있던 길원이가 혀를 내두른다.

"팔뚝 굵어!"

투수 인하가 눈을 동그랗게 떴다. 청각장애인 고교야구대회 우승팀답다. MSSD 선수들은 모두 자신감이 넘치고 밝았다. 장애를 가진 아이들이란 생각이 전혀 들지 않았다. 우리처럼 주눅 든 모습은 찾아볼 수 없었다. 선수들과 함께 눈길을 끈 사람은 MSSD의 데이비드 라이스 감독님이었다. 라이스 감독님 역시 청각장애인이다. MSSD의 코치님도 야구부장님도 모두 청각장애인이다. 야구 시합을 한참 하는데, 3루 쪽 펜스 밖에서 경기를 유심히 보는 사람이 있었다. 그도 보청기를 끼고 있다. 메이저리그 선수 출신인 갤러뎃 대학교 야구부 감독, 커티스 프라이드다. 가장 최근까지 메이저리그에서 뛴 청각장애인 선수이며, 뉴욕 양키즈, 보스턴 레드삭스 그리고 LA 에인절스에서 선수생활을 했다. 커티스 프라이드는 2008년에 갤러뎃 대학교 야구부 감독으로 부임했는데, 오늘은 스카우터 자격으로 이곳에 왔다.

경기는 13 대 4로 끝났다.

MSSD 선수들의 기량은 우리보다 한 수 위였다. 주름 샘은 시차에 적응을 못해서 실력발휘를 못한 거라며 아쉬워했다. 경기가 끝난 후 커티스 프라이드 감독님이 우리를 격려하러 왔다. 우리 팀 선수 중에 누구를 눈여겨보았느냐는 주름 샘의 질문에 그는 길원이를 지목했다.

"포수. 등번호 6번이죠? 정말 잘해요."

데이비드 라이스 감독님도 마찬가지였다.

"포수 대단합니다. 덩치는 작지만 아주 대담한 선수입니다. 모든 폭투를 몸을 던져 다 받아 냈어요 대단한 정신력입니다."

"감독님, 저 받아 주세요."

길원이가 용기를 내어 커티스 프라이드 감독님에게 부탁했다.

"물론이지."

커티스 프라이드 감독님은 길원이에게 갤러뎃 대학교에 오면 야구부원으로 받아 주겠다고 흔쾌히 약속했다. 주름 샘이 길원이의 꿈이 프로야구선수가 되는 것이라고 거들었다.

청각장애인이지만
메이저리그에서 활약했던

커티스 프라이드 감독

"커티스 프라이드 감독님, 이 학생을 기억해 두세요. 미래의 프로야구선수예요."

"이런. 미리 사인을 받아 둬야겠네."

커티스 프라이드 감독님이 웃으며 길원이와 기념사진을 찍었다. 부럽다. 녀석의 실력이 미국에서도 통할 줄은 몰랐다. 나에게 주목한 감독은? 아무도 없다. 나도 내 실력을 알지만 좀 서운하다.

커티스 프라이드 감독님은 우리에게 큰 꿈(Big Dream)을 가지라고 했다. 꿈을 향해 달려가면 장애라는 벽은 없다고 말이다.

"나는 듣지 못한다는 것이 장애라고 생각한 적이 한 번도 없습니다. 청각장애는 꿈을 이루는 데 전혀 문제가 되지 않습니다. 자신을 믿고 노력하면 꿈을 이룰 수 있다고 생각합니다. 나는 여섯 살 때 처음으로 티볼(Tee Ball)을 했는데 홈런을 쳤고 그날 집에 돌아와서 프로야구선수가 되겠다는 꿈을 가졌습니다. 여러분도 목표를 세우고 꿈을 향해 나아가길 바랍니다. 그리고 항상 무엇이든 이룰 수 있다고 믿고 포기하지 말아야 합니다. 삶에서 가장 중요한 건 긍정적인 생각입니다."

미국의 청각장애인들은 '장애'라는 말을 아주 싫어했다. 청각장애(Hearing Impairment)보다 농아(Deaf)라는 말을 즐겨 썼다. 듣지 못하는 것은 불편하지만 장애는 아니라고 생각하고 있었다.

'듣지 못하는 것은 장애가 아니다.'

나에게는 생소한 이야기다. 내 앞에 놓인 가장 큰 벽은 늘 청각장애라고 생각해 왔다. 학교도, 연애도, 운동도. 모든 것을 불가능하게 만드는 것은 듣지 못하는 것이라고 나는 생각해 왔다. 그런데 커티스 프라이드 감독님은 중요한 것은 '나의 꿈'이라고 말한다.

그날 저녁 우리는 현지 교민의 초대를 받았다. 워싱턴 D.C. 교외의 넓은 집에서 고기를 구웠다. 물론 교장수녀님의 앵벌이 덕분이다. 버지니아 주에 사는 원주 카리타스 봉사단체 소속 지인들의 도움으로 마련된 자리다. 교장수녀님의 앵벌이는 미국에서도 통했다.

"교장수녀님. 우리 왜 미국에 데려왔어요?"

"준석아, 나는 말이다. 새로운 세상. 넓은 세상이 있다는 걸 너희들에게 보여 주고 싶었어."

교장수녀님은 공장으로 가서 단순조립공이 되는 길 외에도 우리에게 다른 미래가 있다는 것을 보여 주고 싶었다고 한다. 노력하면 프로야구선수도 될 수 있고, 엔지니어도 될 수 있고, 그리고 총장도 될 수 있는 세상. 그런 세상을 직접 느껴 보게 하고 싶었다고 한다.

"준석아, 이건 비밀인데. 갤러뎃과 교환학생을 추진 중이야."

교장수녀님은 길원이를 갤러뎃 대학교에 보내고 싶어 하신다. 우리 중에서 공부로 보나 야구 실력으로 보나 길원이가 가장 갤러뎃에 입학할 가능성이 높다.

"교장수녀님, 근데 길원이가 갤러뎃에 오게 되면 돈은 누가 내요?"

"돈?"

"네. 돈이요. 학비 있어야 하잖아요. 여기 사립이라면서요? 학비 비싸지 않아요?"

길원이의 부모님은 길원이를 유학 보낼 형편은 안 되는 것 같은데…….

"글쎄, 앵벌이는 또 내가 해야겠지?"

"이번에는 어디로 앵벌이 가시게요?"

"프로야구선수들한테 한번 가 볼까?"

한국으로 돌아가면 교장수녀님은 한동안 바빠질 것 같다. 갤러뎃에서 길원이의 입학을 허락한다 해도 사립학교 학비를 마련하는 것은 쉽지 않을 것이다. 1승을 하는 것 말고 교장수녀님에겐 또 하나의 꿈이 있다. 바로 청각장애인 프로야구선수를 배출하는 것이다. 길원이가 갤러뎃 대학교에 들어간다면 프로야구선수라는 꿈에 한 발 더 가까이 다가갈 수 있을 것이다.

워싱턴 근교의 저택에 땅거미가 내려앉고 있다. 잘 정돈된 잔디밭 위에서 우리는 부메랑을 던지며 놀았다. 잔디밭 위를 뒹구는 길원이를 본다. 미국에서 태어났더라면 우리도 더미 호이처럼 될 수 있었을까? 비록 늦게 야구를 시작했지만 우리 중에서 몇 년 후에 정말 더미 호이 같은 선수가 나올 수 있을까? 나는 뛰어가서 인교가 던진 부메랑을 잡았다.

"인교. 너 미국 왔으니까 야구 계속 해야겠다."

"뭐?"

"너. 미국만 오고 야구 그만두려고 한 거야?"

"……."

"그럼 안 되지. 비행기 값 물어내야 할걸."

"돈 돌려 줘야 해?"

인교가 눈을 깜빡인다.

"인교, 비행기 값 안 내려면 후반기 시즌은 다 뛰어야 할 거야."

나는 인교의 어깨에 팔을 둘렀다. 그리고 인교를 위로했다.

"주름 샘이 그렇게 이야기하는 것 같더라고. 미국도 왔으니 후반기 시즌은 뛰어야 예의에 맞지!"

나는 주름 샘의 찰거머리 작전을 인교에게 써 먹어 볼 참이다. 팀을 위해서 하얀 거짓말도 나쁘지 않을 것 같다. 1승을 하려면 이번 시즌이 끝날 때까지 인교를 꼭 잡아 두어야 한다.

수화상식

형

두 주먹의 2지를 펴서 등이 밖으로 향하게 나란히 세웠다가 오른손을 위로 비켜 올립니다.

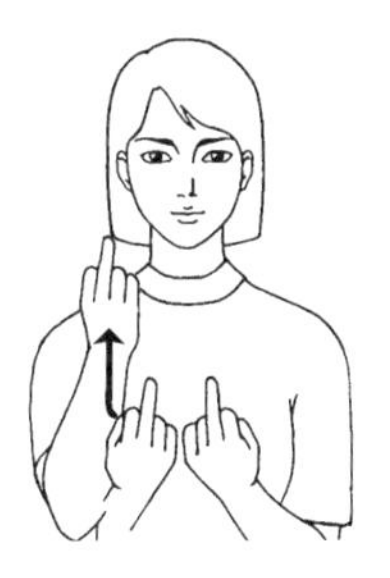

(출처: 한국수화사전)

꽃미남 태희

한참 연습을 하고 있는데 주름 샘이 키가 크고 얼굴이 하얀 꽃미남을 데리고 나타났다. 고1 태희다. 인교가 야구를 그만두고 싶다고 말한 이후 주름 샘은 새로운 선수를 스카우트하느라 바빴다. 달리기 선수로 운동감각이 뛰어난 전학생 태희가 주름 샘의 레이더망에 걸렸다.

"태희야. 너 딱 한 번만 야구장에 놀러와 봐. 너희 반 길원이, 인하 다 야구부잖아. 길원이 야구 어떻게 하나 보고 싶지?"

주름 샘의 꼬드김에 넘어가 결국 태희가 야구장을 찾아왔다

"태희야. 너 헬멧 쓰니까 진짜 멋있다. 너 혜성 같아. 만화주인공 혜성 알아?"

"몰라요."

"길원아. 태희한테 공 좀 던져 봐."

처음 배트를 잡았다는데 태희는 꽤 잘 맞춘다.

"길원아. 태희 정말 잘하지?"

길원이가 주름 샘의 속셈을 눈치채고 씩 웃는다.

"와, 태희야, 길원이한테 물어 봐. 너 정말 잘 맞춰."

"나 잘해?"

태희의 질문에 길원이가 다시 씩 웃더니 대답한다.

"그래."

이제 보니 길원이는 주름 샘과 한 패다.

"태희야, 너 진짜 타격감각 있어. 길원아, 태희 금방 주전될 것 같지?"

이거. 이거. 어디서 많이 듣던 소리 같은데. 주름 샘이 나 따라다닐 때 하던 얘기 아냐? 타격감각 좋다고 한 건 나에게만 해 준 말이 아니었던 거야? 이제 보니 주름 샘이 야구부원을 새로 꼬일 때마다 쓰는 단골 레퍼토리였다. 타격감각이 있다는 말을 그대로 믿은 내가 바보다.

"감독님, 어때요? 태희 타격감 있죠?"

"타격감각 좋네요. 잘 맞추네요. 그런데 사실 전 이런 애들 보면 좀 화가 나요."

잘하는 선수가 오면 좋은 거지. 감독님은 왜 화가 나는 걸까?

"우리 애들이 몇 년 죽어라 한 것보다 오늘 처음 온 태희가

주름 샘의
레이더망에 걸린

1학년 이태희

타격감이 더 좋잖아요. 그럼 나는 여태 뭘 가르쳤나 싶다니까요.”

하긴 그렇긴 하다. 오리처럼 엉덩이는 쭉 빠지고. 기다렸다가 공을 불러 와서 치라고 당부해도, 매번 공을 따라 몸이 앞으로 나가는 원진이보다 태희 폼이 백배는 낫다.

“한편으로는 이런 친구들 보면 아깝죠, 태희처럼 체격 좋고 달리기 잘하는 친구들이 일찍 야구를 시작했더라면 좋았을 텐데. 일반 아이들처럼 초등학교 1학년 때부터 야구를 시작했다면, 태희는 지금쯤 아마 일반 선수들하고 겨뤄 볼 만할 것 같거든요”

미국 갤러뎃 대학교의 커티스 프라이드 감독이나 데이비드 라이스 감독 모두 여섯 살 때부터 야구를 시작했다. 우리는 충주성심에 와서 야구를 처음 만났다. 듣지 못하는 핸디캡이 없더라도 일반 선수들에게 실력이 뒤지는 건 당연하다.

“태희야. 야구복 입으면 더 멋질 것 같아. 선생님이 내일 야구복 하나 줄게.”

“아니야. 아니에요!”

슬쩍 야구복을 입히려는 주름 샘의 찰거머리 작전을 알아채기라도 한 걸까? 태희는 손사래를 치며 도망친다.

“이태희. 너 얼굴수화 뭐야?”

"속눈썹 긴 녀석."

그러고 보니 태희 속눈썹이 유난히 길다. 얼굴이 하얗고 쌍꺼풀이 짙은 미소년. 주름 샘은 야구선수를 스카우트 한다더니 이제 보니 꽃미남 멤버를 모으고 있었다. 길원이, 인하, 나, 거기다 태희까지 야구부에 들어오면, 이제 야구부는 완벽한 F4다. 태희는 일반 고등학교에 다니다 지난 3월에 충주성심학교로 전학을 왔다.

"속눈썹 긴 녀석. 너 왜 성심으로 왔어?"

"일반고 애들 무서워."

아이들을 패서 성심에 온 나와는 달리, 태희는 왕따가 무서워서 성심으로 왔다. 태희는 말을 못 알아듣는다고 놀리는 게 싫었다고 한다. 태희는 구화도 썩 잘한다. 청력도 80데시벨까지 나온다. 보청기를 끼면 제법 소리도 듣는다. 그러나 태희 역시 사람들의 말을 완벽하게 알아듣지는 못한다.

"인천에서 다섯 사람이랑 싸웠어. 여자 친구 괴롭히려고 해서. 작은 사람. 큰 사람. 막 주먹 휘둘렀어."

여자 친구를 지키기 위해 인천 앞바다에서 1 대 5로 싸웠다는 무용담을 듣고 있자니 태희는 꽤 용감한 것 같다. 그런데 공은 무섭다고 했다. 의외다.

"공 무서워."

"야구공은 작은데 뭐가 무서워?"

"눈앞으로 확 다가오면 눈 맞을 것 같아."

이런, 이런. 공을 무서워하면 야구하기 힘든데. 아무래도 주름 샘은 이번에 잘못 짚은 것 같다.

"그 손 뭐야?"

태희가 까져서 피가 나는 내 손을 보더니 궁금해한다.

"야구선수들은 다 손 까져. 이렇게 까지다가 굳은살 제대로 박이면 괜찮아."

"굳은살? 나 손에 굳은살 생기는 거 싫어!"

태희가 얼굴을 찡그린다. 내가 다리통 굵어지는 걸 싫어하는 것처럼 태희는 손 거칠어지는 게 싫단다. 아무래도 주름 샘은 태희를 포기해야 할 것 같다. 손바닥 까지는 걸 겁내고, 게다가 공까지 무서워한다면? 태희가 야구 할 확률은 0퍼센트라고 봐야 한다.

'주름 샘. 아무리 찰거머리 작전을 펴도 태희 야구 안 합니다. 이번엔 마음 접으세요!'

수화상식

뭐?

오른 주먹의 1지를 펴서 바닥이 밖으로 향하게 세워 좌우로 두 번 흔듭니다. (무엇, 무슨 등을 물어볼 때 쓰면 됩니다. 검지만 세워서 옆으로 흔듭니다.)

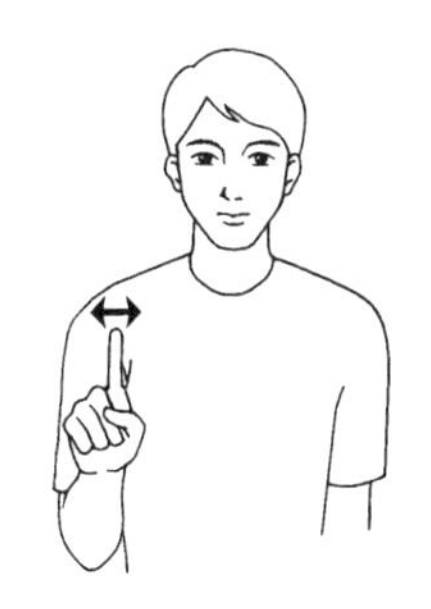

(출처: 한국수화사전)

첫 안타

난데없이 폭탄이 떨어졌다.

"앞으로 경기에서 에러 세 개 이상 범하거나, 안타 두 개 못 치면 모두 삭발, 삭발한다."

주름 샘이 손으로 머리를 미는 저 동작.

"저거 삭. 발. 맞지?"

내 눈을 믿을 수 없어 안경 원진이에게 지문자로 수화를 다시 확인했다.

"맞아. 흑."

"삭발한다고? 아! 난 죽었다."

"너희들 실력이 늘지 않으니 특단의 조치가 필요하다고 생각했다. 삭발할래? 아니면 죽기 살기로 야구할래?"

아, 진짜 싫다. 왜 하필 삭발을 하자는 걸까? 머리카락이 무슨 죄가 있다고. 차라리 지난번처럼 10킬로미터를 뛰고 실신하는 게 낫다. 우리 팀에서 에러 세 개를 범하는 건 완전 식은 죽 먹기다. 현배, 원진이, 경진이. 이 세 구멍이 돌아가면서 한 번씩만 에러를 범해도, 에러 세 개는 금방 달성된다. 그러니까 주름 샘의 말은 그냥 삭발을 하자는 거다. 머리카락을 목숨처럼 여기는 나에게 삭발은 너무 가혹하다. 무엇보다 나에게는 삭발을 할 수 없는, 그러니까 나만의 사정이 있다.

'눈 큰 애에게 삭발한 모습은 정말 보여 주기 싫은데…….'

올여름엔 수영장을 접수할 계획도 세워놓았다. 지난 1년 동안 야구를 하면서 근육이 붙어 제법 몸매가 만들어졌다. 우리들에게 아이돌 같은 식스팩은 없다. 하지만 야구를 하면 식스팩이 아니라 잔 근육이 촘촘하게 생긴다.

어깨부터 생긴 잔근육을 따라 내려가다 보면, 기름 한 방울 없는 배가 나온다. 역삼각형의 탄탄한 몸매. 여기에 적당히 그을린 등짝. 내가 봐도 괜찮다. 요즘 사람들 앞에서 땀을 닦을 때도 괜히 티셔츠를 자꾸 들어 올리게 된다. 그런데 삭발을 하면 한순간에 가는 거다. 키가 큰 나는 100퍼센트 상무 선수가 된다. 올여름 여학생들에게 군인 아저씨 소리 무지 듣게 생겼다.

무슨 일이 있어도 삭발만은 막아야 한다. 에러 세 개를 피할 수 없다면 안타를 치면 된다. 길원이가 안타 하나는 칠 테니 나머지 하나는 내가 치면 된다. 요즘 나의 타격감이 꽤 괜찮다. 물론 감독님의 생각은 좀 다르지만.

"어이, 몸에 맞는 공."

감독님이 누군가를 부른다. 주변을 둘러보는데 아무도 없다.

"뭘 두리번거려? 오토바이 너. 뭘 모르는 척 해?"

"저요?"

뭐 내가 몸에 공을 좀 맞긴 했다. 키가 커서 그런지 유독 상대편 투수들은 나에게 '몸에 맞는 공'을 던져 댔다. 덕분에 1루도 좀 밟아 봤다.

"오토바이, 너 일부러 안 피하지?"

"아뇨!"

나는 정색을 했다.

"오토바이. 1루에 가고 싶어서 이게 웬 떡이냐 하고 일부러 슬쩍 맞는 거 아냐?"

"맞으면 얼마나 아픈데 왜 일부러 맞아요?"

뜨끔했지만 나는 말도 안 되는 소리라며 화를 냈다. 감독님이 픽 웃는다.

"원진이는 삼진아웃 전문, 너는 몸에 맞는 공 전문."

감독님 너무한다. 몸에 맞는 공 전문이라니. 감독님이 배트를 휙 휘둘러 보였다. 빠르면서도 힘이 느껴지는 스윙이다.

“어이, 몸에 맞는 공! 맞을 생각하지 말고 이렇게 칠 생각을 해! 공은 팔로 치는 게 아니라 배트로 치는 거야.”

나도 치고 싶다, 배트로. 안타, 그거 진짜 치고 싶다. 주장 체면에 삼진아웃당하고 들어오는 건 정말 싫다. 길원이, 인하 그리고 인교까지. 모두 안타를 쳤는데 나만 안타가 없다.

“너 지난번에도 팔꿈치 맞았지? 어디 보자.”

감독님이 내 팔을 잡았다. 욱신거린다. 여기서 아프다고 했다가는 바로 벤치 신세가 될 것이다.

“괜찮아?”

“네. 괜찮아요.”

나는 이를 악물었다.

“자꾸 공 맞으면 팔 상해. 다음엔 피해. 그리고 꼭 방망이를 휘둘러.”

천안북일고와의 경기 때 오른쪽 손목에 공을 맞았다. 공을 맞은 다음부터 연습량이 많으면 팔이 시큰거린다. 그런데 지난주 시합 때 다시 오른쪽 팔꿈치를 맞았다. 오른팔의 통증이 조금씩 심해지고 있다.

‘몸에 맞는 공이라고? 우씨. 충주성심 감독님 얼굴수화가 펭귄이라고 동네방네 다 불고 다닐까 보다. 좋습니다, 펭귄 아저씨. 이번에 내가 꼭 안타 칩니다!’

2011년 7월 2일.

군산 월명야구장으로 들어섰다. 지난번 적응훈련을 와서 그런지 배 모양의 경기장이 조금은 익숙하다. 후반기 고교야구 주말리그에서는 광주일고, 동성고, 화순고, 군산상고, 전주고, 효천고, 진흥고. 이렇게 전라권역의 내로라하는 팀들과 일곱 번의 경기를 치러야 한다. 오늘은 후반기리그 세 번째 경기. 광주의 명문 동성고와의 경기다.

나는 오른손에 반창고를 감았다. 손바닥이 많이 까져 있었다. 아침부터 팔이 조금씩 아파 왔다. 요즘 연습량이 많긴 했다.

"효준아, 오늘 시합 참가할 수 있겠어?"

감독님이 2루수 후보인 효준이의 상태를 체크한다. 성장판에 문제가 생긴 효준이가 깁스를 한 지도 벌써 2주가 되어 간다.

"아뇨. 아뇨."

효준이가 손을 젓는다. 효준이가 아프니, 오늘 2루수 선발은 당연히 경진이다. 경진이의 입이 귀에 걸렸다. 오늘 2루수 교체는 없다. 경진이는 신이 났지만 불안하다. 아무래도 오늘 에러는 전부 2루에서 나올 것 같다.

나의 수비포지션이 바뀌었다. 나는 3루수가 되었다. 미국에서 돌아온 후, 감독님은 좌익수였던 나에게 3루수 훈련을 시키기 시작했다. 3루수 깜빡이 현배 구멍을 막기 위한 감독님의 눈물겨운 선택이었다. 깜빡이 현배는 효준이와 나란히 벤치 워머(bench warmer, 후보 선수)가 되었다. 현배의 자리를 내가 차지한 것 같아 괜히 미안하다.

"깜빡이. 열심히 해서 3루 다시 찾아가."

나는 현배에게 위로의 말을 건넸다. 그런데 깜빡이 현배의 대답이 뜻밖이었다.

"나 3루 싫어."

"왜?"

"3루 무서워. 공 맞아."

현배는 공이 튀어 올라 맞는 시늉을 한다. 3루는 빗맞은 타구나 강습이 많다. 겁 많은 현배는 빠른 공이 올 때마다 깜짝깜짝 놀란다.

"2루 좋아. 2루."

현배는 2루를 노리고 있었다.

"2루는 경진이가 있잖아."

"나 2루 잘해. 경진 못해."

"그럼 경진이는 어디로 가?"

"경진 후보 보내."

운동장 저쪽에서 경진이가 실실 웃으며 수비연습을 하고 있다. 2루는 자신의 독무대라고 생각하고 있는 경진이에게 의외의 복병이 나타난 것이다.

미국을 다녀온 뒤, 야동클럽 멤버들이 변하고 있다. 현배도 경진이도 후보 선수가 되어 벤치에 앉아 있는 걸 부끄러워하기 시작했다. 어떻게 해서라도 시합에 나가기 위해 요즘 눈에 불을 켜고 있다.

전반기리그를 뛸 때만 해도 야동클럽 멤버들은 운동장보다 벤치를 더 사랑했다. 괜히 수비하다 실수하면 감독님에게 욕먹으니 대충 벤치를 지키는 것이 좋다던 녀석들이었다.

앞으로 효준이가 깁스를 풀게 되면, 2루수 주전경쟁은 더 치열해질 것이다. 2루수 자리를 두고 경진이, 효준이 그리고 현배의 피 튀기는 경쟁이 시작될 참이다. 충주성심학교 야구부 역사에 일찍이 없던 주전경쟁이다.

1회초.

길원이가 타석에 선다. 길원이는 벌써 전국대회에서 안타를 두 개나 쳤다. 나는 길원이가 타석에 서 있는 동안 투수의 동작에 맞추어 타격연습을 시작했다.

"하나, 둘, 셋."

동성고 투수의 공이 생각보다 빠르게 느껴지지 않았다. 후반기리그 들어 나는 2번 타자가 되었다. 전반기리그에서는 하위

타선이었는데 중심타선으로 옮겨 왔다. 1번 타자 길원이와 3번 타자 인하를 잇는 중요한 고리다.

"준석아, 잘해라!"

"안 그럼 삭발한다!"

더그아웃에서 주름 샘과 꼬불머리 샘이 소리치고 있다. 길원이가 1루에서 땅볼로 아웃됐다. 심호흡을 하고 타석에 들어섰다. 자리를 잡고 바로 고개를 들어 3루 라인에 서 있는 감독님을 쳐다봤다. 우리는 한 구 한 구 칠 때마다 감독님의 지시를 받는다.

"처음엔 기다려. 투수 볼 잘 봐."

"네."

첫 구는 볼.

다시 감독님을 본다.

"변화구 치지 마. 제일 좋은 직구만 쳐."

"네."

야구 경력이 짧은 나는 변화구는 거르고 직구만 노린다. 오늘 동성고와의 경기는, 전반기부터 따지면 전국대회 여덟 번째 경기다. 이제 타석에 서도 떨리지 않는다. 두근거리긴 하지만 예전처럼 심장이 미쳐 날뛰진 않는다.

"짧고 강하게 쳐. 높은 공 치지 말고."

SD

나는 고개를 끄덕였다. 짧고 강하게. 그리고 낮은 것만.

공이 온다.

공이 크게 보인다.

짧고 강하게 그리고 낮은 것만.

타앙!

쳤다.

느낌이 좋다.

달렸다. 죽어라 달렸다. 1루를 지나쳐 한참을 뛰었다. 가쁜 숨을 몰아쉬며 뒤돌아보니 한종석 코치가 박수를 치고 있다.

"안타!"

내 생애 첫 공식 안타다. 몸에 맞는 공이 아닌 당당한 안타로 1루 베이스를 밟고 섰다.

"잘했어!"

한 코치가 와서 엉덩이를 툭툭 쳐준다. 장갑을 벗어서 후보 선수에게 건네주었다. 어깨에 잔뜩 힘이 들어간다. 3루에 서 있는 감독님을 쳐다보았다.

"좋아."

감독님이 코앞에다 주먹을 갖다 댄다. 경기 중에 감독님께 칭찬을 받은 건 처음이다. 기분 최고다. 아직도 손에 얼얼한 감이 남아 있다.

'이게 안타구나!'

이제 안타가 무엇인지 알 것 같다. 손맛을 안다는 게 이런 거였구나! 동성고를 상대로 1루와 2루 사이를 빠지는 깨끗한 안타를 쳤다. 야구를 시작한 지 꼭 1년 하고 2개월만이다.

주루플레이 미스로 나는 결국 2루에는 진루하지 못했다. 더그아웃으로 돌아와 너덜너덜해진 나의 오른손을 보았다. 주먹을 꽉 쥐었다. 이 손으로 안타를 만들어낸 것이다. 안타 맛을 한 번 보고 나면, 절대 야구를 그만두지 못할 거라던 주름 샘의 말이 떠올랐다. 이제 타석에 서기만 하면 언제든지 안타를 칠 수 있을 것 같다.

갑자기 아이들이 벌떡 일어서더니 앞으로 뛰어나갔다. 나도 일어섰다. 동성고의 에러로 인교가 1루에 진루했다. 그 여세를 몰아, 도루와 번트로 1점을 냈다. 후반기리그 첫 득점이다. 인교가 더그아웃으로 달려 왔다. 모두 뛰어나가 인교를 얼싸 안았다.

"인교야, 너 정말 멋져!"

"고마워."

짜식. 야구를 그만두겠다고 난리더니, 오늘 제대로 야구를 한다. 인교가 야구를 그만두었다면 오늘 이런 기쁨은 평생 알지 못했을 것이다. 길원이가 신이 나서 외친다.

"삭발 없다!"

우리는 모두 길원이를 따라 한다.

"삭발 없다!"

점수까지 냈으니 이제 안타 하나만 더 치면 삭발을 피할 수 있다. 그러나 첫 득점의 기쁨은 2회말 수비를 시작하면서 사라지기 시작했다. 경진이가 또 1루에다 악송구를 했다.

경진이가 2회말부터 에러를 시작하더니 혼자서 에러 세 개를 금방 다 채워 버렸다. 암튼 능력도 좋다. 점수는 순식간에 12 대 1. 시합은 결국 5회 콜드게임 패로 끝났다.

"봐 줘요. 1점. 1점!"

나는 1점 난 걸로 애써 퉁쳐 보려 했지만 감독님에겐 어림도 없는 소리였다. 안타는 내가 친 것 하나뿐이다. 에러는 경진이가 세 개를 다 채웠다. 그러니 삭발을 해야 한다.

"모두 버스 타라. 삭발하러 간다."

결국 우리는 군산의 한 미용실로 끌려갔다.

"삭발은 타격순이다. 실시!"

감독님의 지시에 따라 길원이를 시작으로 우리는 타격순으로 머리를 밀었다. 중학교 후보들까지 죄다 빡빡머리가 됐다.

월요일 아침.

삭발 전

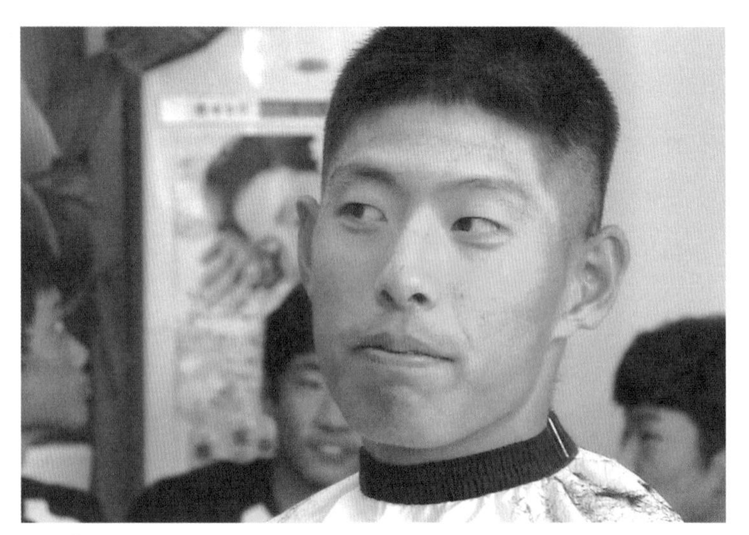

삭발 후

까끌까끌한 머리를 만지며 학교로 갔다. 야구부 녀석들과 함께 4층 복도로 들어서는데, 한 여학생이 다가오더니 '헉' 하고 멈춘다. 빡빡머리 군단이 놀랍기도 했을 것이다. 입을 가리고 웃던 여학생은 잽싸게 교실로 뛰어 들어갔다.

잠시 후, 여학생들이 우르르 몰려나왔다. 빡빡머리를 구경하느라 난리가 났다. 고슴도치 털 쓰다듬 듯 여학생들이 여기저기서 야구부원들 머리를 만진다.

'아. 놔. 이래서 삭발 싫다니까.'

주름 샘 정말 밉다. 긴 머리의 눈 큰 애도 4층 복도로 왔다. 나는 슬며시 복도 벽으로 붙었다.

"오빠. 삭발?"

눈 큰 애가 나를 보더니 웃으며 내 머리를 이리저리 살펴본다. 눈 큰 애의 눈이 점점 더 동그래진다. 아! 이런. 봤구나!

"오빠, 땜통?"

눈 큰 애가 머리에다 동그라미를 그린다. 우씨. 망했다. 그렇다. 난 땜통 있는 남자다. 그것도 양쪽에 하나씩 두 개나 있다. 제법 크다. 보청기 때문이기도 하지만 사실은 이놈의 땜통 때문에 절대로 머리를 짧게 깎지 않았었다. 나는 슬쩍 손을 올려 땜통을 가렸다.

"오빠 땜통 귀엽다!"

눈 큰 애가 환하게 웃는다. 눈 큰 애의 귀엽다는 말은 나의 땜통들에게 상당한 위로가 되었다. 이발관 조명이 반짝인다. 수업이 시작될 시간이다. 눈 큰 애가 돌아가려고 하는 순간, 나는 재빨리 팔을 끌어당겼다.

"나. 어제 안타 쳤다."

"오빠 안타? 멋져!"

나는 땜통 가리는 것도 까먹고 안타 친 이야기를 시작했다. 눈 큰 애가 나의 까진 손을 가만히 바라본다.

"오빠, 많이 아파?"

눈 큰 애가 걱정스레 묻는다.

"괜찮아. 견딜 만해!"

"오빠 안타! 보고 싶다."

"담에 응원하러 오는 날 오빠가 안타 치는 모습 보여 줄게. 나 이제 안타 잘 쳐!"

눈 큰 애는 그날부터 손에 바를 약을 챙겨 주기 시작했다. 밤에는 간식을 갖다준다는 목적으로 2층과 3층 사이의 계단에서 사감선생님 몰래 살짝 만났다.

"오빠. 여기 과자!"

"고마워! 잘 자!"

눈 큰 애의 칭찬과 위로는 내게 힘이 되었다. 7월 마지막 시합에는 학교 아이들이 단체로 응원을 올 계획이다. 눈 큰 애가 응원 오는 날, 다시 한 번 안타를 쳐 주리라 다짐한다. 안타를 날리는 내 모습을 상상해 본다. 짧은 머리카락을 손으로 휙 훑었다.

'진정한 삭발투혼이 뭔지 제대로 보여 주겠어!'

수화상식

안타

왼손바닥을 펴고 오른손 끝을 동그랗게 만 다음, 왼손바닥 위로 공이 굴러가는 것처럼 두 번 튕긴다. 충주성심학교 야구부에서 만든 야구 수화다.

족집게 과외

비니를 썼다. 한여름이지만 삭발 때문에 드러난 땜통을 가리려면 별 수 없다. 4층 복도로 들어서는데 역시 빡빡머리를 한 원진이가 맞은편에서 뛰어온다.

"와! 야구 연습 없다!"

오늘부터 일주일 동안 기말고사 기간이다. 학교방침에 따라 시험 기간 중 야구 연습은 일절 금지다. 대신 공부를 해야 한다.

"원진아. 너 공부 좋아?"

"아니."

"그럼 나가서 야구 연습해."

"싫어. 야구 싫어."

공부보다 더 싫은 야구를 2년씩이나 하다니 녀석을 정말 알다가도 모르겠다. 암튼 앞으로 일주일 동안 야구는 안녕이다. 2학년 1반 교실에 들어서는 순간, 나는 잠시 주춤했다. 웬일로 하나같이 책을 펴놓고 열공 모드다. 하지만 착각은 오래가지 않았다. 책상 위에 펼쳐져 있는 건 죄다 만화책이다. 책을 병풍처럼 세워 놓고 그 아래에서 핸드폰 게임에 정신을 팔고 있는 녀석들도 있다.

이발관 조명이 반짝인다. 빨강과 파랑 불빛과 함께 '소녀의 기도'가 울려 퍼진다고 한다. 물론 우리는 아무도 소녀의 기도를 들어 보지 못했다. 소녀는 선생님들을 위해 기도할 뿐이다.

둥둥둥.

담임인 서문은경 샘이 급히 교실로 들어오더니 북을 치기 시작했다.

"주목. 이번 주부터 중간고사야. 오늘은 일대일로 공부할 거야. 무슨 말이냐면, 내일 시험 볼 게 세 과목이잖아. 그중에서 한 과목당 외울 거를 무조건 20개, 20개를 정해서 선생님한테 검사받는 거야. 빨리 외우는 사람은 재활원 가서 쉴 수 있지만 못하는 사람은 선생님하고 여기서 밤새는 거야."

"그거 다 끝나면 밤에 쉴 수 있어요?"

"아니. 밤에도 똑같이 공부해야지."

"에? 뭐야?"

원진이가 버럭 짜증을 낸다.

"원진아, 다른 반 친구들은 다 알아서 공부해. 오늘도 선생님하고 같이 남아서 공부하고 싶다고 한 친구들 많았는데 선생님이 너희들 때문에 안 된다고 했어."

"그거 다 뻥 같아!"

"왜 뻥이야? 네가 맨날 뻥치니까 다른 사람들도 다 너 같은 줄 알아? 그리고 너 지금 참고서 앞에 세워 두고 뭐 하고 있었어? 또 핸드폰으로 오락하고 있지?"

완전 귀신이다. 그러게. 내가 본전도 못 찾을 줄 알았다.

"원진아, 너는 왜 공부를 못할까?"

"공부 나 싫어해."

"눈치도 빠르고 다 좋은데, 왜 공부는 안 하는 걸까?"

"나 자유 필요해."

원진이 녀석! 정말 말은 잘한다.

"아이고, 질문 더 없지? 그럼 볼똥똥이 의강이부터 참고서 가지고 나와."

본격적인 일대일 개인과외 시간. 이제 꼬불머리 샘의 다리가 제 역할을 할 시간이다.

"너는 어떻게 내일이 시험인데 시험 범위도 모르니?"

샘이 다리부터 번쩍 든다.

"남존여비. 남존여비가 무슨 뜻이야?"

"남자 여자. 만난다?"

"으이그. 이 무식한 놈아."

이번엔 완전 하이킥이다. 서문은경 샘은 과학 담당이지만 우리와 벼락치기 시험공부를 할 때는 국어, 수학, 심지어 미술, 음악까지. 만능 전과가 따로 없다. 꼬불머리 샘과 함께 시험공부를 한 야구부 아이들의 성적이 매번 고공행진을 하자 샘에게 별명이 하나 생겼다. 다름 아닌 족집게 선생이다.

한때는 꼬불머리 샘이 시험 때만 되면, 한손에 족집게를 들고 밤마다 점괘를 봐서 시험문제를 쏙쏙 뽑아낸다는 소문도 돌았다. 물론 소문은 소문일 뿐이다. 지난 1년간 지켜본 바에 의하면 샘의 비법은 다음 세 가지로 요약된다.

"제상아, 생각하는 사람이라는 조각상 누가 만들었지?"

"까먹었어요."

"지난번에 재형이가 이거 열세 개나 먹고 배탈 났지?"

"오뎅?"

"맞아. 그거랑 비슷한 이름이야. 무슨 댕인데?"

"아아, 로댕?"

"그렇지!"

순식간에 오뎅과 로댕을 연결시켜 답을 뽑아내는 순발력이 첫 번째 비법.

"샘, '심장 떨어진다' 무슨 뜻이에요?"

"너 지난번 경기에서 공을 잡으려고 막 달려갔는데, 공이 글러브에 맞고 땅으로 뚝 떨어졌지?"

"네."

"그때 마음이 어땠어?"

"떨린다."

"그거랑 비슷해. 어떤 일을 갑자기 당해서 크게 놀랐을 때 '심장이 떨어질 뻔했다.'라고 해"

"아아."

청각장애인들에게는 아홉 살의 벽이라는 게 있다. 듣지 못하는 우리가 새로운 어휘를 익힐 수 있는 건 오로지 책을 통해서다. 일반인들보다 더 많이 노력하지 않으면 언어와 학력이 아홉 살 수준에서 더 이상 향상되지 않는다. 아홉 살까지는 일반인들과 비슷한 수준이지만 그 이후에는 더 이상 발전하지 못하고 멈춰버려 평생 아홉 살 수준에 머물 수 있다.

이 아홉 살의 벽을 넘기 위해, 꼬불머리 샘은 우리가 이해하지 못하는 세상의 수많은 단어를 야구 상황에 빗대어 설명해준다. 족집게 과외의 두 번째 비법은 야구 상황을 정확히 빗댄 어휘 설명에 있다.

"원진아, 한글에서 자모음이 몇 개야?"

"나 안 만들었어. 어떻게 알아요?"

"그럼 원진이가 세종대왕님 하세요!"

원진이가 꼬불머리 샘의 하이킥에 제대로 당한다.

"윽!"

"원진 씨. 선생님 야구 등 번호가 몇 번이지요?"

"24번."

"맞아. 한글 자모음도 24개야. 잊어버리면 안 돼."

믿거나 말거나. 아이들에게 한글 자모음 수를 암기시키기 위해 자신의 등번호를 24로 했다는 소문이 있을 정도로 샘의 열정은 대단하다. 꼬불머리 샘은 학교수업이 모두 끝나면 곧장 야구장으로 온다. 다른 지방에서 시합이 있으면 원정경기 때문에, 방학 때는 합숙 때문에, 그야말로 24시간 야구부와 함께 지내며 야구부의 모든 살림살이를 도맡아 한다. 그래서일까? 애인 만나 데이트할 시간에 시커먼 녀석들하고만 지내다 보니 샘은 노처녀가 되어 버렸다.

꼬불머리 샘이 처음 족집게 과외를 시작한 것도 야구부 때문이었다. 충주성심학교에 야구부가 생기고 얼마 되지 않았을 때였다. 야구부 아이들이 궁금한 게 있다면서 꼬불머리 샘을 찾아왔다.

"선생님. 우리 야구부 바보예요?"

"너희가 왜 바보야?"

"다들 야구하면 바보된다고 해요."

야구부 설립 초창기에는 공부 안 시키고 왜 야구를 시키느냐며 걱정하는 사람들이 주변에 많았다. 야구를 하면 머리가 나빠진다는 소문도 있었다. 야구를 하면 성적이 떨어질까 봐 걱정하는 부모님들을 설득하기 위해 꼬불머리 샘은 야구를 하면 공부도 더 잘할 수 있다고 장담했다. 그 뒷감당을 하기 위해 시작한 게 바로 족집게 과외였다. 아이들이 야구를 통해 단단해지길 바라는 꼬불머리 샘의 사랑과 헌신이 오늘날 샘을 족집게 선생으로 만든 거다. 기말고사가 끝났다. 간만에 열공 의지를 불태운 나는 두 과목에서 100점을 맞았다.

'오호라. 100점.'

내 인생에 100점을 받을 때도 있구나. 공부가 이렇게 재밌는 줄 중학교 때는 미처 몰랐다. 족집게 샘의 하이킥과 눈물겨운 '볶아 대기' 덕분에 우리 야구부에서 장학금 수혜자가 4명이나 나왔다. 깜빡이 현배는 성적향상 장학금까지 받았다.

이번 여름방학 때는 시장에 들러서, 남자 잘 뽑으시라고 꼬불머리 샘에게 족집게를 하나 사 드려야겠다.

28 대 0

28 대 0으로 졌다. 저도 너무 심하게 졌다. 핸드볼 경기도 아니고 야구 점수가 28 대 0이라니. 충주성심학교 야구부 창단 이래 최악의 점수다. 이 불명예스러운 역사를 우리가 썼다.

2011년 7월 10일.

후반기 주말리그 네 번째 경기가 열리던 날. 광주 무등경기장으로 들어설 때만 해도 비참한 하루가 우리를 기다리고 있으리라고는 상상도 하지 못했다.

지난주 내내 내리던 비가 아침이 되어서야 겨우 그쳤다. 우리는 모처럼 운동장에서 기분 좋게 몸을 풀며 하루를 시작했다. 기말고사도 잘 끝냈겠다, 삭발도 했겠다, 제대로 삭발투혼을 한번 보여 줄 참이다. 비 때문에 지난 일요일 경기가 취소되어 오늘 경기가 삭발 이후 첫 경기다.

"모두 삭발투혼 보여 주자."

나는 머리 미는 동작을 했고 아이들도 나를 따라서 빡빡머리를 만졌다.

"삭발. 삭발."

우리는 기세 좋게 운동장으로 나갔다. 한참 몸을 풀고 있는데, 하얀색에 빨간색 무늬의 운동복들이 들어온다. 오늘의 맞수 화순고다. 감독님이 상대팀 더그아웃으로 날 데리고 갔다. 감독님이 화순고 감독님에게 깍듯하게 인사를 한다.

"선배님, 그동안 안녕하셨습니까?"

"어어, 그래, 박 감독. 오랜만이다. 고생이 많지?"

"우리 팀 주장입니다. 준석아, 인사드려. 내가 군산상고 야구부에 있을 때 모시던 선배님이다."

"안녕하세요. 홍준석입니다."

"반갑다. 그 녀석 야구 잘하게 생겼네."

화순고 감독님 보는 눈이 있다.

"시작한 지 1년밖에 안 됐는데 요즘엔 제법 안타도 칩니다. 하하하."

감독님이 드디어 나의 숨은 재능을 인정하셨군. 야구하다 보니 이런 날도 온다. 화순고의 감독님은 프로야구선수 출신인

이광우 감독님이다. 기아의 코치를 그만두고 작은 시골학교인 화순고의 감독을 맡아 올해 돌풍을 일으키고 있다.

"선배님, 오늘 살살 좀 부탁합니다."

"뭔 소리야. 우리 팀도 약하니까 죽어라고 해야 해. 충주성심이 전국 53위면 우리는 전국 52위야. 52위랑 53위랑 잘해 보자고."

전국 52위라고 너스레를 떨고 있지만 화순고는 사실 주말리그 후반기시즌에서 3승 전승을 거두며 전라권역 1위를 눈앞에 두고 있는 강팀이다.

"오늘 이기면 겨우 4승이야. 4승!"

"아이고, 선배님. 엄살은 여전하시네. 그래도 길고 짧은 건 대봐야 아니까요. 오늘 4승을 챙겨갈지는 좀 두고 봐야겠죠?"

감독님 오늘 정말 이상하다. 안 하던 내 칭찬을 하질 않나. 화순고를 이기겠다고 큰소리치질 않나. 그래 좋다. 야구가 별거냐. 오늘 일 한번 제대로 내 보자! 내가 감독님 체면 한번 세워 드린다.

"지난주에 시험보고 또 비 때문에 수비연습 못했다. 오늘 수비 신경 쓰고 수비. 정말 집중해서 해야 한다. 집중해야 해."

감독님의 우려대로 시험과 비 때문에 연습을 쉬었던 지난 일주일은 우리에게 독이 되어 돌아왔다. 우리는 번갈아 가며 수비 에러를 범했다.

"경진이 빼고 효준이."

깁스를 푼 효준이가 바로 2루로 나간다.

"원진이 빼고 우익수에 준석이."

"3루는 현배."

감독님은 벤치에 있던 현배까지 다시 3루에 투입하며 이 구멍을 저 구멍으로. 다시 저 구멍을 이 구멍으로. 구멍 돌려막기에 여념이 없었다. 그런데 가만 보니 오늘 경기는 이전 경기와는 좀 많이 달랐다. 3회인데 벌써 13점을 내줬다. 수비 에러도 있었지만 화순고의 안타 수가 너무 많다.

4회초.

화순고의 등판 24번 선수가 타석에 섰다. 등판 24번 선수가 포볼로 1루에 진루한다. 이것이 시작이었다. 타석에 들어서는 화순고 선수들이 방망이를 댔다 하면 모조리 안타가 되었다.

치고. 치고. 또 치고.

치는 대로 모두 안타가 되더니 4회에만 벌써 6점을 줬다. 정신없이 수비를 하다 보니 타석에 다시 등판 24번 선수가 서 있다.

'조금 전에 분명히 저 24번 선수를 봤는데…….'

헉! 화순고 타자 9명이 순식간에 한 순번을 다 돌았다. 24번 선수가 안타를 치고 다시 진루한다. 화순고 선수들은 마치 타격연습이라도 하듯이 쉽게 안타를 쳤다. 툭 하고 배트를 갖다 대면 그대로 안타가 되었다. 인하의 볼을 마치 배팅 볼처럼 쳐댔다.

투수 인하의 공은 평균 시속 110킬로미터를 조금 넘는다. 보통 고등학교 투수들은 시속 130킬로미터 이상의 공을 던진다. 인하의 느린 공은 그동안 접해 보지 못했던 공이라, 종종 상대팀 타자들을 오히려 당황시키곤 했다. 그런데 전국대회를 거치며 인하의 공이 점점 속도가 빨라졌다. 하필이면 선수들이 가장 치기 좋은 배팅 볼 속도까지 올라선 것이다.

인하가 한쪽 코를 씰룩거린다. 녀석이 긴장할 때 나오는 버릇이다. 에이스로서의 자부심이 대단한 인하. 인하가 지금 얼마나 괴로울지 짐작이 간다. 배팅 볼 치듯 쳐 대는 화순고 선수들에게 인하는 정말 쌍코피 터지게 얻어맞고 있다.

다시 안타.

잠시 후. 전광판에 처음 보는 점수가 떴다.

A.

말로만 듣던 A. A는 10점을 표시하는 점수다. 그 전설의 점

투수
양인하

거의 대부분의 경기를 인하 혼자서 던진다.

수를 오늘 내 눈으로 직접 봤다. 대부분의 경기장 전광판에는 한 회당 한 자리 점수만 표시할 수 있다. 그래서 10점은 A, 11점은 B, 이렇게 표시한다. 우리는 4회에만 무려 10점을 준 것이다. 4회까지 준 점수는 무려 23점, 안타 수는 24개였다.

우리는 단 한 명도 1루에 진루하지 못했다. 포볼도, 웃으며 맞던 몸에 맞는 공도 없었다. 정말 쪽팔리는 기록이다. 글러브를 내던지고 땅에 구멍이라도 파서 도망가고 싶다. 영원히 끝날 것 같지 않던 4회는, 2루수 효준이가 정면으로 온 공을 잡아내며 겨우 끝이 났다.

5회초.

수비를 하기 위해 운동장으로 들어서는데 비가 내리기 시작했다. 빗줄기가 굵어진다.

"경기 중단!"

다시 더그아웃으로 뛰어 들어갔다. 그런데 길원이는 그냥 그 자리에 포수복을 입은 채 비를 맞고 서 있다. 더그아웃에는 감독님이 미동도 없이 의자에 앉아 있다. 주름 샘은 두 주먹을 꽉 움켜쥐고 있었다. 빗줄기가 점점 더 굵어진다. 진행요원들이 홈 플레이트와 베이스를 파란색 비닐로 덮고 있다. 화순고 선수들이 리어카에 비닐을 실어 나른다.

말로만 듣던 A. 그 전설의 점수를
오늘 내 눈으로 직접 봤다.

A는 10점을 표시하는 점수다.

"준석아. 길원이 불러 와라. 저러다 감기 걸린다. 더그아웃으로 들어오라고 해라."

주름 샘이 길원이를 걱정했다. 길원이는 더그아웃 담벼락에 기대서서 비를 맞고 있다.

"귀염둥이."

나는 길원이를 툭 쳤다. 길원이가 내 쪽으로 고개를 돌리는데 빗줄기 사이로 눈물이 흐른다. 녀석이 울고 있었다.

"귀염둥이 왜 울어?"

"너무 창피해."

"질 수도 있지. 힘 내."

"시합 그만하고 싶다."

길원이가 운다. 어쩌면 길원이는 지금 소리 내어 울고 있는지도 모른다. 나는 삭발을 해서 까칠한 길원이의 머리를 쓰다듬어 주었다.

"비 맞지 마. 감기 들어. 더그아웃으로 들어가자."

"집 가고 싶다. 도망가고 싶다."

나도 길원이 옆에 섰다. 빗줄기가 점점 거세진다. 비가 얼굴을 때린다. 비 사이로 전광판이 보인다. 전광판은 5회초에 멈추어 있다. 여전히 A가 반짝이고 있다.

23점. 이 비가 전광판의 기록을 쓸어내려가 버렸으면 좋겠

23점.
이 비가 전광판의 기록을
쓸어내려가 버렸으면 좋겠다.

다. 비가 계속 와서 모든 것이 중단되었으면 좋겠다. 길원이를 데리고 더그아웃으로 들어섰다. 주름 샘 옆에 앉았다. 운동장이 온통 물투성이다.

"선생님. 계속 비가 오면 이 경기 취소되나요?"

"준석이는 이 시합. 취소되면 좋겠어?"

"네. 취소되면 이 경기 무효가 되나요?"

"그럼 노 게임 될 것 같아?"

"네. 노 게임 되면 23점 없어지는 거 아니에요?"

나는 기대에 차서 물었다. 노 게임이 되면 23 대 0. 이 지독한 경기는 한낮에 잠깐 꾼 악몽일 뿐이다.

"그럼 얼마나 좋을까?"

주름 박정석 샘이 깊게 한숨을 쉬었다.

"프로야구는 5회를 끝내지 못하고 경기가 중단되면 노 게임이 되지. 그때까지 기록이 다 없어져. 오늘 경기 점수가 다 없어지면 얼마나 좋을까? 근데 아마추어 경기는 이 상태로 시합이 서스펜디드(suspended) 돼."

"네?"

"서.스.펜.디.드."

주름 샘이 서스펜디드를 지문자로 하나하나 써 준다.

"말 그대로 23 대 0에서 시합이 중지되는 거야. 다음 주에

와서 5회초, 23 대 0. 지고 있는 상태에서 시합을 계속해야 해. 1회를 더 하기 위해 충주에서 광주까지 다시 와야 해. 결국 크게 지는 경기를 두 번 하게 돼. 그러니 지더라고 오늘 한 번에 경기를 끝내는 게 나아."

"아휴."

23 대 0이라는 점수를 지울 방법은 없다. 기운이 쭉 빠진다. 굳어진 감독님의 등이 보인다. 감독님을 보고 있자니 갑자기 화순고 감독님이 미워지기 시작했다.

'아무리 전라권역 1위가 중요하다지만 자기 후배를 이렇게 개 패듯 패냐? 후배가 불쌍하지도 않나? 어차피 이길 거 좀 살살하지.'

야구를 시작하고 처음으로 감독님께 미안하다는 생각이 들었다. 비는 30분 만에 그쳤다. 화순고 감독님이 운동장으로 나간다.

"야. 놀면 뭐 하냐? 빨리 빨리 비닐 치워라."

마음이 급한 화순고 감독님이 직접 나서서 경기장을 덮었던 비닐을 치우고 있다. 화순고 감독님 입장에서는 빨리 경기를 승리로 마무리 짓고 싶을 것이다. 우리는 더그아웃에 그대로 멍하니 앉아 있었다. 나갈 힘도, 나가고 싶은 마음도 없었다. 화순고는 5회에 5점을 더 내서, 결국 28 대 0으로 경기는 끝이 났다.

28 대 0.

충주성심학교 야구부 창단 이래 최악의 점수다. 우리는 충주성심학교 야구부의 역사를 새로 썼다. 그것도 몹시 부끄럽게 말이다. 광주에서 충주로 돌아오는 4시간 반 동안 계속 비가 내렸다. 버스 안에는 파리채를 날리는 녀석이 하나도 없다. 콜드게임 패를 밥 먹듯이 해 온 우리지만 28점은 정말 충격이다. 28점은 받아들이기 힘들었다.

숙소로 돌아오자 아이들은 하나 둘 끙끙 앓아누웠다. 길원이는 아까부터 화장실에서 야구복을 빨고 있다. 녀석 또 울고 있는 건 아닌지 모르겠다. 그 자존심에 안타 하나 못 쳐 보고 28 대 0으로 졌으니 충격이 클 것이다. 이불을 꺼내서 펴는데 옆자리의 원진이가 모자를 푹 눌러쓴 채 누웠다.

"원진아. 모자 벗고 자."

모자를 벗기려는 순간, 원진이가 얼른 내 손을 쳐 내더니 다시 모자를 꾹 눌러쓴다. 나는 몸을 숙여 원진이의 모자챙을 들어올렸다. 원진이가 눈을 떴다.

"원진아, 아파?"

"아니."

"그럼 왜?"

"창피해."

"그렇게 창피해?"

"오늘 많이 창피해. 13 대 0. 괜찮아. 28 대 0. 이해 안 돼. 너무 창피해."

이렇게 심각한 원진이의 모습은 처음 본다.

"나 야구선수 아냐."

"원진아, 너 주전선수잖아. 우익수!"

"왜 나 공 놓칠까?"

"우리 일주일 동안 수비연습 하나도 못했잖아."

"공 놓치는 나 싫어."

이불을 마저 깔고 원진이 옆에 누웠다. 가슴이 묵직하다.

'우리는 야구를 계속할 수 있을까? 이렇게 지고도 다음 경기에 나갈 수 있을까?'

우리는 야구를 계속 할 수 있을까요?

잠이 오지 않았다. 산책이나 할까 하고 재활원 문을 나섰다. 학교 4층 교무실에 불이 켜져 있다. 학교로 들어섰다. 교무실에는 주름 박정석 샘 혼자 있었다.

"샘. 집에 안 가고 뭐 하세요?"

"그냥. 사진 보고 있다. 우리 야구부 사진하고 창단 멤버들 사진하고."

나는 주름 샘 옆에 앉았다. 컴퓨터에 꽤 많은 사진이 저장되어 있었다. 야구부 9년의 역사다. 주름 샘이 창단 멤버들의 훈련사진을 가리켰다.

"이 사진 봐. 옛날에는 이렇게 타이어를 매달고 연습했어."

"와! 진짜 힘들겠다!"

"그래. 초창기 선배들은 굉장히 세게 연습했어. 아마 선배들

초창기 선배들의 훈련 모습

중학교 1학년 때의 길원이

처럼 연습시켰으면, 준석이는 도망. 도망갔을 거야."

"하하하. 물론 도망갔겠죠. 오늘도 도망갈까 했는데."

컴퓨터 안에는 익숙한 얼굴들도 있었다. 주름 샘이 야구 배트를 휘두르는 자그마한 아이를 가리킨다.

"이건 길원이 중학교 때 사진이야. 진짜 귀엽지?"

귀염둥이 길원이는 초등학생처럼 보인다. 자기 몸만 한 배트를 휘두르며 웃고 있다. 이때도 야구가 좋았나 보다. 귀염둥이 길원이는 운동장에서 야구를 할 때면 늘 웃는다. 나는 망설이다가 주름 샘에게 길원이 이야기를 꺼냈다.

"샘. 오늘 길원이 울었어요."

"녀석 자존심이 많이 상했을 거야."

"그죠?"

"인하도 배팅 볼처럼 엄청나게 맞고. 충격이 클 거야."

"근데 샘. 오늘은 경기 끝나고 왜 아무 말도 안 하셨어요?"

"준석아. 선생님이 어떤 말을 해야 했을까? 다시 열심히 하자고 해야 했을까? 아니면 너횐 이래서 안 된다고 지난번처럼 혼을 냈어야 했을까?"

주름 샘은 커서를 움직이더니 볼똥똥이 의강이의 사진을 보여주었다.

"이건 의강이가 중3 때, 막 야구부에 끌려와서 연습할 때 찍은 사진이야."

"볼똥똥이 거의 울고 있네요."

"그래. 얼굴에 '야구하기 싫어!'라고 쓰여 있지. 오늘 이 사진을 보면서 여러 가지 생각이 들었어. 내가 의강이나 원진이에게 야구를 시킨 게 옳은 건가?"

주름 샘은 한참 동안 야동클럽 멤버들의 사진을 보았다.

"들리지 않는데 야구를 하는 게 정말 맞나? 정말 안 되는 애들을 데리고 내 생각에 할 수 있다고 고집을 부리고 있는 건 아닐까? 오늘 이런 생각이 들더라고. '공부는 안 시키고 왜 야구를 시키느냐?'고 사람들이 물을 때 마다 나는 늘 자신 있게 대답해 왔어. '교실보다 운동장에서 더 많은 걸 배웁니다. 야구는 아이들에게 좋은 경험입니다.' 정말 그렇게 믿었어. 그런데 오늘은 내가 틀렸을지도 모르겠다는 생각이 든다."

주름 샘이 입술을 깨물고 말을 쉬었다.

"준석아. 우리가 야구를 하는 게 맞는 걸까?"

"샘. 오늘 진짜 충격 먹었어요?"

"그래. 충격 먹었다."

주름 샘이 씁쓸하게 웃는다.

"준석이는 어때?"

"저도 머리가 띵해요."

중학교 3학년 때, 야동을 보다 끌려와서
야구를 하고 있는 의강이

"지난주 토요일 경기하고 나서 너희들 에러 많이 했다고 삭발을 시켰지만 사실 나는 그때 희망을 봤어. 준석이가 안타도 치고. 그것도 좋은 안타였지. 준석이도 1년을 하니까 제법 선수다워지는구나 생각했지. 흐뭇했어. 후반기 첫 득점도 했고.

그렇게 기대와 희망을 품게 하더니, 오늘은 다시 뚝 떨어졌어. 좀 올라가다가 뚝 떨어지고, 이렇게 뚝 떨어지는 걸 보면. 정말 안 되는 야구를 내가 뿌득뿌득 우겨서 하고 있는 건 아닐까, 내가 잘못된 시도를 하고 있는 건 아닐까 하는 생각이 들어."

나는 처음으로 주름 샘의 눈에서 절망을 읽었다. 언제나 열심히 하자고. 야구를 해야 힘 있게 큰다고. 야구를 해야 세상을 헤쳐 나갈 힘이 생긴다고 자신 있게 말하던 선생님이었다.

"준석아. 너는 야구하라는 선생님 원망하지 않았어?"

"음. 샘이 찰거머리 같아서 좀 귀찮았어요."

"뭐? 찰거머리? 선생님 보고 찰거머리라고? 이 짜쓱이."

"흐흐."

나는 주름 샘이 머리를 치기 전에 잽싸게 몸을 피했다.

"하지만 샘 원망한 적은 없어요. 샘이 저 매일 따라다니는 거 귀찮다고 했잖아요? 근데 사실 싫지 않았어요. 나에게 뭘 같이 해 보자고 따라다닌 사람은, 엄마 말고는 샘이 처음이었어요.

솔직히 신기했어요."

나도 모르게 주름 샘을 위로하고 있었다. 우리는 왜 야구를 하느냐고. 듣지도 못하는 우리에게 왜 야구를 시켜서 이렇게 무참히 짓밟히게 하느냐고. 예전 같았으면 이렇게 대들었을 내가 오히려 주름 샘을 위로하고 있었다. 주름 샘이 나를 가만히 쳐다보았다.

"우리 준석이 어른 다 됐네."

주름 샘이 나의 빡빡머리를 쓰다듬었다.

"준석아. 우리 정말 1승 할 수 있을까?"

"샘. 설마 28점보다 더 먹기야 하겠어요?"

"하하. 그래. 정말 28점보다 더 먹진 않겠지?"

재활원으로 돌아오다 마리아 상 뒤로 가서 앉았다. 작년 5월. 주름 샘이 나에게 처음 손을 내밀었던 곳이다. 지난 1년을 뒤돌아보았다. 화장실 청소가 하기 싫어서 시작한 야구였는데, 어느 순간 나는 안타를 치기 위해 노력하고 있었다. 주름 샘처럼 나도 1승을 바라기 시작했다. 1승이 어느새 나의 꿈이 되어버렸다. 1승이라는 간절한 꿈.

가만히 생각해 보니 화순고 감독님에게는 고맙다는 생각이 들었다. 우리가 밑바닥까지 들여다보게 해 주었으니 말이다. 만일 화순고가 우리를 동정해서 살살 봐 주었다면 더 비참했을 것이다. 화순고는 우리를 다른 야구팀과 똑같이 상대해 주었다. 경기에서 최선을 다했다. 어떻게 보면 고마운 일이다. 오늘 바닥을 쳤으니 이제 차고 날아오르기만 하면 된다.

다음 날 아침 일찍 하우스로 갔다. 길원이가 공을 치고 있었다. 길원이 옆에 섰다. 한참 공을 쳤더니 손이 너덜너덜해졌다. 손에 붕대를 감았다.

'칠 수 있다. 칠 수 있다. 안타 칠 수 있다.'

공을 칠 때마다 나 자신에게 다짐했다. 손목이 뻐근해져 온다. 길원이가 호흡을 가다듬기 위해 배트를 내려놓는다. 나도 배트를 내려놓고 길원이를 보았다.

"귀염둥이. 오늘 야구 연습 제대로 한번 해 볼까?"

"좋아!"

"귀염둥이. 우리 다음엔 1승 한번 해 볼까?"

"1승! 1승!"

길원이가 1승을 연호한다. 나는 주장이 된 후 처음으로 아이들에게 집합을 걸었다. 야구부 아이들을 모두 운동장에 불러 모았다.

"다음 시합까지 딱 일주일 남았다. 어제처럼 크게 지지 않으려면 더 열심히 할 수밖에 없다. 오늘 쉬는 날이지만 다 같이

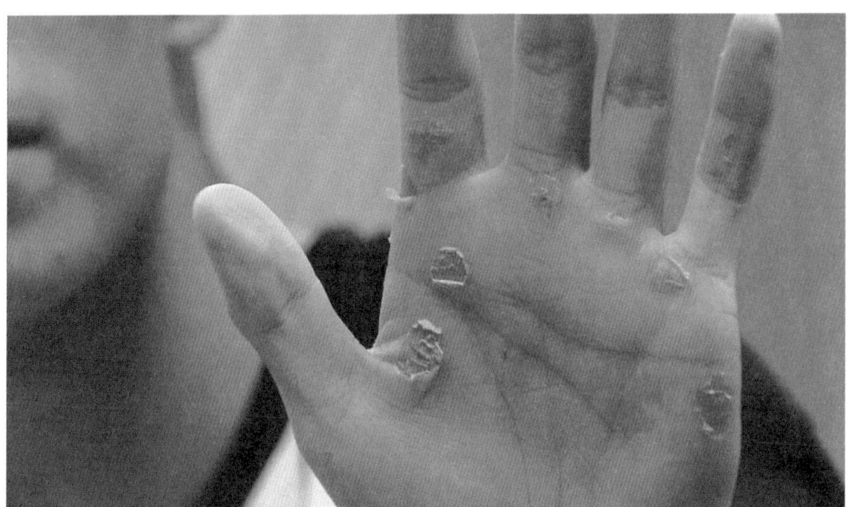

물집이 잡혀 너덜너덜해진 나의 손

연습하자.”

“좋아!”

“주장 말. 찬성.”

모두 연습을 기다리기라도 한 것 같다.

“먼저 어제 경기하고 느낀 점을 이야기 해 보자. 볼똥똥이 의강이부터 이야기해 봐.”

“너무 창피해. 감독님 실망 주고 싶지 않아.”

“길원이는?”

“현배 형아. 처음 실수 ‘괜찮아.’ 두 번째 실수해서 화났어. 미안.”

길원이는 포수로 팀을 아우르지 못하고 화를 낸 것에 대해 사과했다. 모두 상대편의 실수를 비난하고 참지 못한 것에 대해 미안해했다. 다음 경기부터 서로 격려해 주기로 약속했다. 그리고 더 집중해서 잘하자고 다짐했다.

“용기 가지고 하면 안타 칠 수 있을 것 같아.”

인교도 도망가지 않겠다고 했다. 야구를 그만두고 싶어 했던 인교도 오기가 생긴 것 같다.

“수비연습 많이 하고 안타 치기 위해서 타격연습 많이 할게.”

원진이도 쉬지 않고 연습하겠다고 다짐했다. 부슬부슬 비가 내리기 시작했지만 우리는 타격연습을 계속했다. 빗속에서 배트를 500번 휘둘렀다. 오른쪽 팔꿈치가 욱신욱신 아파오기 시작했다. 배트를 내리고 팔을 주물렀다. 무심코 고개를 드니 길원이가 나를 빤히 쳐다보고 있다.

"주장. 아파?"

"괜찮아."

"감독님 말해?"

"안 돼."

나는 길원이를 잡았다.

"조금 쉬면 괜찮을 거야."

나는 민망해서 씩 웃었다. 연습 좀 했다고 티내는 것 같다.

"너무 연습 많이 했나 봐. 귀염둥이 따라하다 나 병나겠다."

"연습. 배 터져."

길원이도 나를 향해 씩 웃었다. 그래도 걱정이 되는지, 길원이는 배트를 휘두르는 사이사이 흘끔흘끔 나를 쳐다보았다. 팔이 아팠지만 길원이 때문에 배트를 내려놓을 수가 없다. 오른팔의 통증이 점점 심해지고 있다. 우리가 모여서 연습을 하자 한 코치님이 감독님을 모셔 왔다. 감독님이 우리를 둘러보았다.

"오늘은 좀 야구선수 같네."

감독님도 충격에서 회복하는 데 꼬박 하루가 걸렸다고 한다.

"원 없이 먹었다. 원 없이."

감독님은 현역으로도, 지도자로서도, 28점이라는 엄청난 점수를 먹어 본 건 처음이라고 했다.

"앞으로는 조금만 먹도록 노력하겠습니다."

나는 감독님에게 잘할 수 있을 거라고 농담을 건넸다.

"앞으로 일주일간 훈련강도를 높이겠다."

감독님은 다음 경기까지 강훈을 선언했다. 우리는 빗속에서 슬라이딩을 시작했다. 옷이 황톳물로 범벅이 되었다. 훈련 강도를 높였지만 아무도 불평하지 않았다.

일주일 동안 아무도 아프지 않았다. 실내연습장이 없는 우리는 비가 오면 충주실내체육관 지하주차장에서 타격연습을 했다. 수비연습을 해야 하면 비를 맞고 운동장 진흙탕에서 뒹굴었다.

"모두 삼계탕 먹으러 가자!"

주름 샘이 우리를 불러 모았다. 가사실로 들어서자 두 다리를 동여맨 닭들이 폴폴 끓고 있다. 교장수녀님이 힘내라며 삼계탕을 끓였다. 그런데 가사실로 들어오던 감독님이 각을 꺾어 슬쩍 구석으로 가서 앉는다.

"왜 도망가세요?"

나는 궁금증을 참지 못하고 감독님께 물었다.

"오토바이, 쉿."

감독님이 입에다 손을 대고 주변을 살핀다.

"???"

"28 대 0으로 지고 교장수녀님 피해 다니고 있어. 21 대 1로 지는 거 보고 엄청 놀라셨는데, 28 대 0은 충격이 상당할 것 같아서."

피식 웃음이 나왔다. 감독님도 무서운 게 있구나!

"나. 아무 말도 안 했어요."

교장수녀님이 우리 대화를 들었는지 감독님을 보고 웃으신다.

"교장수녀님, 우리 점수 보고 많이 놀랐어요?"

교장수녀님께 물었다. 감독님도 궁금한지 슬쩍 고개를 빼고 이쪽을 돌아본다.

"한동안 그냥 입을 아아아악 이렇게 벌리고 있었지 뭐. 감독님, 비싼 전복 넣고 끓였어요. 먹고 힘내세요!"

교장수녀님이 감독님의 삼계탕에는 전복을 두 개나 넣었다.

"열심히 하겠습니다."

감독님이 전복삼계탕을 받으며 90도로 인사를 한다.

경기를 이틀 앞둔 금요일부터 해가 나기 시작했다. 우리는 모처럼 충주야구장에서 수비연습을 할 수 있었다.

"원진아. 오늘 너는 집중수비훈련 한다."

감독님이 구멍 원진이에게 특훈을 시킨다.

"원진아. 외야가 공을 놓치면 대량실점이야. 알겠어?"

"네."

"외야가 공을 놓치면 그라운드 홈런 돼. 무조건 잡아야 해. 알겠어?"

"네."

원진이는 스무 개를 떨어뜨리지 않고 받는 집중수비훈련을 했다. 다리가 꼬이고 숨을 헐떡이면서도 원진이는 훈련을 끝까지 마쳤다.

"준석, 힘들어. 다리 내 다리 아냐."

쓰러진 원진이가 땀을 비 오듯 쏟으며 말했다. 그 기분 내가 알지. 아무 불평하지 않고 훈련을 다 소화해 낸 원진이가 기특하다. 주름 샘이 큰 들통을 들고 뒤뚱 뒤뚱거리며 야구장으로 들어온다.

"모두 모여. 화채 먹자!"

주름 샘표 화채다. 수박과 과일통조림을 넣고 얼음을 가득 띄운 화채. 여름에만 먹을 수 있는 주름 샘의 특식이다. 우리는 화채를 두 그릇씩 뚝딱 해치웠다.

"다음 시합에는 잘할 수 있겠어?"

주름 샘이 아이들 어깨를 두드려 주며 묻는다. 주름 샘도 드디어 평소의 모습으로 돌아온 것 같다.

"선생님. 이제 괜찮아요?"

"그럼. 다시 시작해야지!"

"1승!"

"그래. 이번엔 꼭 1승하자!"

"두 개! 두 개!"

길원이가 화채 그릇을 내려놓으며 안타를 두 개 치겠다고 다짐한다.

"두 개! 두 개!"

현배도 안타를 치겠다고 나선다. 절망의 끝에서 우리는 일어섰다. 그리고 1승이라는 꿈을 향해 다시 달리기 시작했다. 그렇게 우리는 가장 뜨거운 7월 한 주를 보내고 있었다.

수화상식

힘들다

오른손의 1지와 5지 끝을 맞대어 동그라미를 만들어 코밑에 댔다가 아래로 내리며 폅니다. 콧김이 빠지는 것을 나타내는 동작입니다. (연습이 힘들 때마다 야동클럽 멤버들이 즐겨 쓰는 수화이기도 해요.)

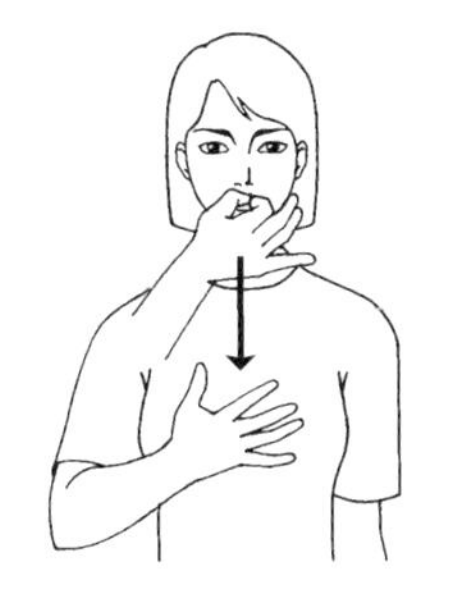

(출처: 한국수화사전)

9회말 2사 만루

누구에게나 인생에서 가장 기억에 남는 순간이 있다고 한다. 스무 살을 코앞에 둔 나에게, 지금까지의 삶을 통 털어 가장 극적인 순간이 다가오고 있었다.

2011년 7월 17일.

전국고교야구대회 열두 경기 중 열 번째 경기가 열리는 날이다. 28 대 0. 화순고와의 대참사 이후 꼭 일주일 만에 하는 주말리그다.

"오토바이. 잠깐 이리와 봐."

타격연습을 마치고 나오는데 감독님이 더그아웃으로 나를 부른다. 감독님이 가방에서 주섬주섬 뭔가를 꺼낸다. 아이패치다.

"절연 테이프 아니에요?"

"어허, 오토바이. 감독님 돈 썼어. 하도 너희들이 아이패치, 아이패치, 노래를 불러서 이거 붙이고 안타 하나씩 치라고 사 왔다. 주장부터 붙여 주지!"

감독님은 내 눈 밑에 아이패치를 붙여 주셨다.

"와아아. 준석이 멋진데!"

옆에서 지켜보던 주름 샘이 엄지를 추켜올렸다.

"감사합니다."

얼른 더그아웃 벽의 거울에 내 모습을 비춰 보았다. 메이저리그 선수가 된 기분이다. 내가 봐도 잘 어울린다. 감독님은 아이들을 한 명씩 한 명씩 불러 직접 아이패치를 붙여 주셨다.

"인하야, 얻어맞아도 괜찮아. 끝까지 집중해."

"네!"

"길원이. 오늘 안타 몇 개 칠 수 있어?"

"두개. 두 개! 히히."

"귀염둥이. 꼭 두 개 쳐야 한다."

"네! 나 아이패치! 히히히. 아이패치!"

길원이는 꿈에도 그리던 진짜 아이패치를 붙이고 신이 났다. 아이패치를 붙이니 모두가 제법 야구선수 폼이 난다. 오늘 우리의 상대는 전주고등학교다. 한때 야구명문이었던 전주고는 올해 선수 부족으로 전반기 주말리그에 참여하지 못했다. 작년에 9명의 선수가 한꺼번에 졸업하면서 전주고는 야구부원이 부족해 팀 해체 위기까지 갔다. 주말리그 전반기가 끝난 후, 다른 학교에서 주전으로 뛰지 못한 선수들이 전주고로 전학을 와서 야구부 인원수를 채웠다. 그래도 선수가 부족해, 방과 후 특별활동으로 야구를 하는 학생들까지 참가해 후반기경기에 출전했다.

전주고는 지금까지 후반기리그 경기를 모두 콜드게임으로 패했다. 우리와 전적이 같다. 우리가 올해 전국대회 열두 경기에서 1승을 하려면 전주고를 노려야 한다. 그 어느 팀보다 전주고와의 경기가 1승의 가능성이 높다.

'방과 후 학생들이라면 우리처럼 구멍이 아닐까?'

나는 은근히 방과 후 학생들에게 기대를 걸어 본다. 누군가 우리처럼 알을 까 준다면 승산이 있다. 관중석에는 버스까지 대절해서 충주성심학교 전교생이 응원을 왔다. 눈 큰 애도 왔다.

"오빠, 잘해."

"그래. 꼭 안타 칠게."

나도 수화로 답했다. 멀리 있어도 대화를 할 수 있다는 점이 수화의 장점이다.

"잘 봐. 투수가 공이 빠르지만 볼이 많아. 직구는 빨리 준비해서 쳐야 하고 변화구는 치지 마. 높은 거는 무조건 치지 마.

공이 보여도 높으면 치지 마."

전주고 투수는 스피드는 좋지만 제구력에 문제가 있다고 감독님은 판단했다. 그러니 가능한 한 기다려서 치라는 것이다.

"무슨 말인지 알겠어? 높은 거는 절대 치면 안 돼. 볼이야 볼. 볼넷은 안타하고 똑같아. 똑같아. 낮은 직구. 직구만 쳐."

기필코 1승을 하겠다는 각오로 두 팀이 마주섰다. 전주고로서는 야구팀의 존폐가 걸린 경기였고 우리는 9년을 기다려온 1승이다. 누구도 물러설 수 없는 1승을 위한 경기가 시작되었다.

1회초.

전주고가 먼저 공격을 시작했다.

충주성심에서는 선발투수로 인하 대신 겁쟁이 용우가 마운드에 올랐다. 첫 선발이다. 감독님은 오늘 용우에게 모험을 걸었다. 지난주 인하가 배팅 볼처럼 무차별 난타당하자 감독님은 인하보다 더 느린 용우의 공으로 승부를 걸었다.

오늘 2루수는 누가 될까? 경진이? 현배? 아니면 다리가 다 나은 효준이? 의외의 인물이었다. 감독님은 투수 인하를 2루수로 기용했다. 2루를 두고 주전경쟁을 벌이던 세 선수는 닭 쫓던 개 신세가 되어 벤치에 앉아 있었다.

용우가 볼을 던진다. 느리다. 전주고 선수들이 타이밍을 잡

더그아웃에서 기뻐하는

서문은경 선생님과
후보 선수들

지 못한다.

"스트라이크 아웃."

용우가 첫 선수를 삼진으로 잡았다. 두 번째 타자 역시 삼진. 용우가 두 손을 번쩍 들며 좋아한다. 나는 돌아서서 전광판을 보았다. 시속 109킬로미터. 용우의 느린공이 제대로 먹히고 있다. 용우가 연이어 삼진으로 두 선수를 잡아내자 더그아웃은 흥분하기 시작했다. 꼬불머리 서문 샘이 폴짝폴짝 뛰면서 좋아하고 있다. 꼬불머리 샘이 손나팔을 분다.

"용우 파이팅!"

3번 타자가 친 공이 파울볼이 되어 뜬다. 길원이가 포수 마스크를 벗어 던지고 달려간다. 길원이가 온몸을 날려 파울볼을 잡아낸다.

"쓰리아웃 체인지."

"와!!"

믿기지 않았다! 우리가 1회를 무실점으로 막아냈다! 처음 있는 일이다! 모두 신이 나서 더그아웃을 향해 달려갔다.

"잘했어. 잘했어. 모두 이대로 가면 돼."

감독님한테 수비 잘했다고 칭찬을 받는 날이 오다니!

"이제 공격이야. 투수가 볼을 많이 던지게 해야 해. 집중하고 집중. 무조건 슬라이딩, 슬라이딩해야 해. 준석이, 알았어?"

"네!"

1회말.

충주성심의 공격. 오늘도 1번 타자는 길원이다. 아이패치를 한 길원이가 타석에 선다. 녀석. 아이패치를 하니 진짜 멋지다.

"직구 쳐, 낮은 것만 쳐!"

감독님의 사인에 길원이가 고개를 끄덕인다. 길원이가 바로 공에 손을 댄다. 길원이가 친 공이 투수의 키를 넘긴다. 깨끗한 안타다, 또 안타를 치다니. 정말 부러운 놈이다.

노아웃에 주자 1루. 황금 같은 기회에 내가 타석에 섰다. 길원이를 꼭 2루로 보내야 한다.

"번트 앤 도루."

감독님이 사인을 보낸다. 무조건 번트를 쳐야 한다. 투수가 공을 던지는 순간, 길원이가 2루를 향해 뛴다. 그런데 헉! 공이 바깥쪽으로 빠진다. 급한 대로 번트를 대기 위해 나는 빠지는 공을 따라갔다. 크게 스윙을 했다. 다행히 그 사이 발이 빠른 길원이가 2루로 갔다.

"준석아. 변화구 치지 마."

세 번째 공이 날아온다.

나는 그만 감독님이 그렇게 치지 말라고 신신당부한 변화구

꿈에 그리던
아이패치를 하고

길원이가 타석에 섰다.

에 속아서 손이 나갔다. 크게 헛스윙을 했다.

"스트라이크 아웃."

그사이 길원이는 3루까지 뛰었다. 휴우! 스트라이크 아웃을 당하긴 했지만 길원이를 3루로 보냈으니 내 몫은 한 셈이다.

다음 타자는 인하다. 인하가 번트를 댄다. 아쉽게 인하의 번트는 바로 전주고 투수에게 잡혀 버렸다. 그런데 투수가 1루로 던진 공이 빠진다. 전주고에서 수비실책이 나왔다.

"길원아. 뛰어! 뛰어!"

꼬불머리 서문 샘이 더그아웃에서 소리치면서 폴짝폴짝 뛴다.

"빨리! 빨리!"

우리도 모두 팔을 돌리며 샘을 따라 펄쩍펄쩍 뛰었다. 길원이가 3루에서 뒤늦게 홈을 향해 뛴다.

"홈인."

"와~~!!"

충주성심학교 야구부는 전국대회에서 처음으로 선취점을 기록했다. 나는 너무 기뻐서 더그아웃으로 들어오는 길원이의 헬멧을 마구 쳐댔다. 녀석이 너무 예뻐서 뽀뽀라도 해 주고 싶다. 오늘도 길원이는 안타에, 2루 3루 도루에, 홈인까지 해냈다. 이런 맛에 야구를 하나 보다. 전광판을 본다.

0 대 1.

세상에! 우리가 이기고 있다!

나는 처음으로 '오늘 시합 이길 수 있겠구나!'라는 생각을 하기 시작했다. 전주고 더그아웃은 당황하는 빛이 역력했다. 아무리 올해 상황이 안 좋아졌다고는 하지만 그래도 전주고는 야구명문이다. 충주성심학교를 상대로 어려운 경기를 펼칠 거라고는 상상도 하지 못했을 것이다. 전주고 감독님이 단단히 화가 났다.

"똑바로 해. 알았어?"

전주고 감독님의 불호령이 떨어진다. 전주고 더그아웃이 바싹 얼어붙었다.

2회초.

1회를 무실점으로 막아낸 용우가 다시 마운드에 섰다. 두 이닝을 던지는 건 용우로서는 처음 있는 일이다. 투아웃. 이제 한 명만 더 잡으면 2회도 무실점이다. 타자가 친 공이 용우 쪽으로 향한다. 그런데 공이 용우의 글러브를 맞고 튕겨 나갔다. 당황한 용우가 공을 잡으려다 그만 펌블을 범하고 말았다. 그사이 주자는 모두 세이프. 용우의 몸이 휘청한다. 얼른 길원이가

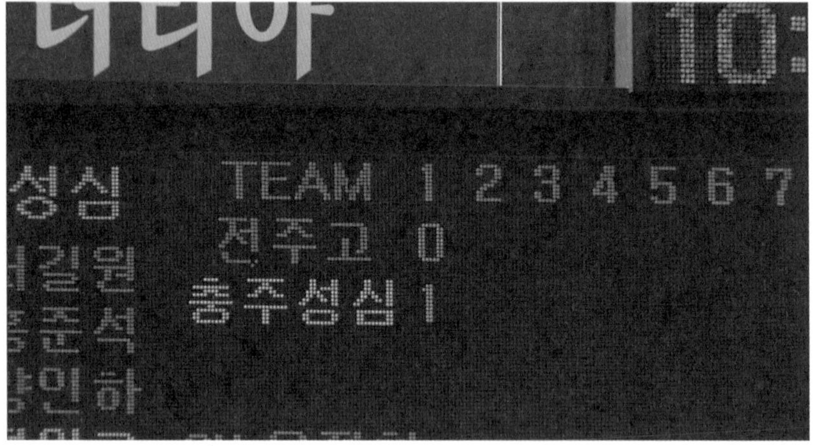

전국대회에서
처음으로 선취점을

기록한 순간!

포수 자리에서 일어나 손을 든다.

"괜찮아. 집중해."

관중석에서도 전교생이 일제히 북소리에 맞추어 외치기 시작한다.

"괜찮아. 괜찮아."

"괜찮아. 괜찮아."

"용우야. 괜찮아!"

주름 샘도 더그아웃에서 외친다. 하지만 용우는 괜찮지가 않았다. 모두가 용기를 내라고 외치지만 용우로서는 견디기 쉽지 않은 상황이었다. 용우의 가쁜 심장박동이 3루에 서 있는 내게까지 전해져 오는 것 같다. 그 순간 용우가 던진 볼이 상대팀 타자의 옆구리를 때리고 말았다.

몸에 맞는 공이다. 걱정하던 일이 현실로 일어났다. 착한 용우가 무너져 내린다. 용우가 그대로 주저앉았다. 감독님이 바로 마운드로 올라왔다. 감독님은 용우에게서 건네받은 공을 인하에게 넘긴다. 2루 인하의 자리에는 깜빡이 현배가 들어갔다. 처음으로 현배가 2루수로 투입되었다.

"잘했어. 잘했어. 들어가 쉬어."

용우가 흐느적거리며 더그아웃으로 들어간다. 탈진 상태다. 그래도 녀석은 오늘 첫 선발의 경험을 평생 잊을 수 없을 것이다.

투아웃에 만루.

대량실점의 위기를 맞았다. 인하의 공을 타자가 쳤다. 타구는 우측으로 휘어진다. 공은 구멍 원진이에게로 향하고 있다.

'망했다.'

오늘 운이 여기까진가 보다. 하필이면 만루 상황에 공이 원진이 쪽으로 갈게 뭐람. 그런데, 어? 믿을 수 없는 일이 벌어졌다. 구멍 원진이가 공을 따라 뛰어나오더니 몸을 날려 기적같이 다이빙 캐치를 해냈다. 원진이의 생애 첫 다이빙 캐치!

"와아아아!!!"

"쓰리아웃 체인지."

원진이가 뛰어오며 멋지게 공을 심판에게 던졌다. 더그아웃으로 뛰어 들어가며 우리는 원진이를 향해 뛰어들어 얼싸안았다.

"원진아! 너 대단해!"

"최고!"

"와아! 다이빙."

만일 공이 빠졌다면, 세 명의 주자가 모두 들어와 대량실점을 했을 것이다. 원진이가 웃는다. 원진이의 얼굴이 반짝반짝 빛난다. 이렇게 예쁜 원진이의 얼굴은 처음 본다. 더그아웃으로 들어오자 꼬불머리 샘이 원진이와 하이파이브를 했다.

"오오, 잘했어, 잘했어. 우리 원진이 최고로 잘했어!"

다이빙 캐치를 한 후
원진이의 얼굴이

반짝반짝 빛난다.

꼬불머리 샘은 얼른 원진이의 목에 얼음수건을 둘러 주었다. 원진이는 얼음수건을 훈장처럼 자랑스럽게 걸치고 있다.

"우리 원진이가 야구를 언제부터 이렇게 잘했을까?"

꼬불머리 샘의 칭찬에 원진이가 어깨를 쫙 폈다.

"꼭 잡아야 한다고 생각했어요. 어려운 공 잡아서 기분 엄청 좋아요."

"원진아. 네가 우리 팀을 구했어."

나도 원진이를 칭찬했다. 원진이의 다이빙 캐치는 두고두고 잊지 못할 것이다. 구멍 원진이가 해낸 다이빙 캐치라 더 감동적이다.

7월의 한낮. 기온은 벌써 30도를 넘어서고 있다. 지난번 동성고와의 경기 때부터 꼬불머리 샘은 더그아웃으로 들어와 아이들에게 얼음물과 얼음수건을 챙겨 주고 있다. 얼음수건을 만드는 꼬불머리 샘의 손이 빨갛다. 더위에 지친 아이들 목에 얼음수건을 걸어 주기 위해 샘은 계속 차가운 물에 손을 담그고 있다. 시원한 수건으로 한 아이라도 더 닦아 주려고 샘은 더그아웃을 이리 뛰고 저리 뛰고 있었다. 꼬불머리 샘의 이마에서는 땀방울이 뚝뚝 떨어진다.

4회초.

전주고의 공격이 시작됐다. 평범한 땅볼을 2루수 현배가 놓치고 만다. 2루수. 2루수. 그렇게 노래를 부르더니 현배는 2루를 맡자마자 알을 까 버렸다. 인하의 제구력도 흔들리기 시작한다. 용우가 선발을 맡는 동안 인하는 2루를 보느라 투수로서 충분히 몸을 풀지 못한 것이 화근이었다.

인하의 폭투로 공이 빠진다. 전주고 주자 두 명이 쏜살같이 홈으로 들어온다. 전주고는 4회에 벌써 3득점을 했다. 순식간에 전세가 뒤집혔다. 5 대 1. 선취점의 기쁨은 벌써 날아가 버렸다. 이대로 우리는 침몰하고 마는 걸까?

4회말.

인교가 공에 맞았다. 전주고 투수가 던진 공이 높이 오더니 인교의 머리를 그대로 정통으로 때렸다. 인교의 머리가 휘청할 정도로 센 공이다. 한동안 인교는 머리를 잡고 움직이질 못한다. 정신을 차린 인교가 1루로 걸어간다. 인교에겐 너무 미안하지만 몸에 맞는 공이 고마웠다.

5 대 1.

그대로 질 것 같았던 위기의 순간에, 몸에 맞는 공으로 인교가 팀을 구했다. 녀석도 나와 같은 마음이었을 것이다. 2루에는 이미 포볼로 나간 인하가 있다.

5 대 3.
다시 1승의 희망이 보이기 시작했다.

그리고 때마침 터진 전주고 투수의 폭투. 무사에 주자는 2루와 3루. 이어진 의강이의 플라이볼로 인하가 홈인, 1점을 따라잡는다. 전주고의 송구 실책으로 또 다시 1점을 추가하며, 인교가 홈으로 들어온다. 우리는 한 회에 처음으로 2득점을 했다.

점수는 5 대 3.

사라졌던 1승의 희망이 다시 보이기 시작한다. 우리는 포기하지 않았다. 점수를 주면 바로 따라잡았다. 내 눈 앞에서 펼쳐지는 광경이지만 믿을 수 없었다. 처음에는 진짜 이게 우리 성심 아이들이 하는 시합인가 싶어 내 눈을 의심했다. 아이들의 눈빛은 한 회 한 회 갈수록 더 빛이 났다.

듣지 못하는 것. 말하지 못하는 것. 우리를 둘러싸고 있는 세상의 벽들은 이미 잊은 지 오래다. 끌려와서 하는 야구가 아니라 우리는 정말 신이 나서 야구를 하고 있었다. 오늘 우리는 이 운동장의 주인공이다.

"인하, 인하 많이 닦아 줘요. 어깨 아플 텐데……."

주름 샘이 인하의 어깨를 걱정한다. 꼬불머리 샘이 얼음수건으로 인하의 어깨를 닦고 주무르기 시작한다. 인하가 얼굴을 찡그린다.

"인하야, 던질 수 있겠어?"

꼬불머리 샘이 인하를 보고 울상이 되었다.

"괜찮아요. 할 수 있어요."

인하가 이를 악문다. 시합은 벌써 9회를 향해 달려가고 있다. 우리는 처음으로 9회를 가게 되었다. 다른 투수는 없다. 용우는 이미 강판됐으니 이제 인하 혼자서 끝까지 던져야 한다. 매번 5회 콜드게임을 당해 온 우리가 9회를 간다는 건 정말 기적이다. 인하로서는 혼자서 7회 이상을 던져야 하는 경기다. 인하의 어깨에 무리가 올 것이다.

9회말 투아웃.

이제 진짜 승부다. 우리는 9회에 2점을 더 내서, 전주고와 단 2점 차가 되었다.

점수는 9 대 7.

길원이가 다시 타석에 섰다. 길원이는 오늘 안타를 두 개나 쳤다. 녀석이라면 멋지게 한 방 먹일 수 있을 것이다. 주자가 두 명이나 나가 있으니 길원이가 안타를 치면 동점도 가능하다. 그런데 포볼이다. 길원이가 1루에 진루하면서 만루가 되었다.

다음 타석은 나다.

9회말 2사 만루의 짐이 나의 어깨로 넘어 왔다. 심장이 미친 듯이 뛰기 시작했다. 주름 샘이 나의 긴장을 눈치챘는지 따라

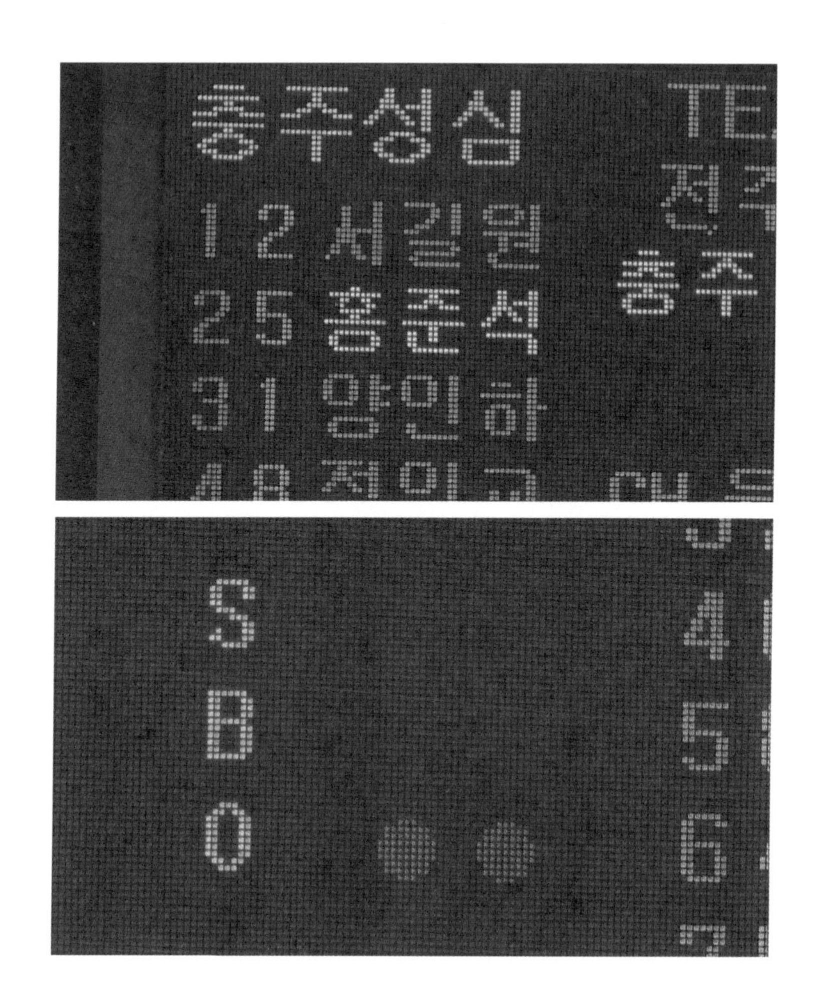

9회말 투아웃,
주자는 만루.

그 타석에 내가 선다.

나오며 당부했다.

"준석아, 부담 갖지 마. 편안하게 해. 맞춘다는 생각만 해. 할 수 있어. 준석아, 할 수 있어."

9회말 투아웃. 주자는 만루. 그 타석에 내가 선다. 나는 타석으로 향하며 관중석을 바라보았다. 교장수녀님이 손을 흔든다. 아이들이 모두 파이팅을 외치고 있다. 눈 큰 애도 파이팅을 외치고 있다. 순간 관중들이 내는 응원은 어떤 소리일까 궁금해졌다. 타격 소리보다도, 감독님의 목소리보다도, 이 야구장 안의 그 어떤 소리보다도, 응원소리가 듣고 싶어졌다.

지금 관중석은 활활 타오르고 있다. 아이들은 북소리에 맞추어 응원을 하느라 발갛게 얼굴이 상기되어 있다. 하지만 내겐 모든 것이 침묵일 뿐이다. 소리 없는 응원. 소리 없는 야구.

"오빠! 안타!"

눈 큰 애가 수화로 응원을 해 준다. 나는 고개를 끄덕였다. 타석에 섰다. 내가 안타를 치면 역전도 가능하다. 안타를 쳐서 세 주자가 모두 홈인하면 9 대 10. 끝내기 안타가 되어 경기는 승리로 끝이 난다. 1루에는 발 빠른 길원이가 있기 때문에 안타 하나면 세 주자가 모두 들어올 가능성이 크다. 나는 배트를 움켜쥐었다. 감독님을 바라본다.

"강하게 자신 있게 쳐."

9년을 기다려 온 충주성심학교 야구부의 1승이 지금 내 어깨 위에 있다. 안타를 치면 이긴다. 나는 충주성심학교 야구부의 역사를 새로 쓰게 된다.

9회말 2사 만루.

역전 끝내기 안타를 친 선수.

충주성심학교 야구부의 역사에서 홍준석의 이름은 영원히 사라지지 않을 것이다. 1승을 향한 꿈. 그 꿈을 향해 지금 여기 서 있다.

공이 온다.

낮다.

직구다.

쳤다.

순간 느낌이 왔다.

안타다!

나는 죽어라 1루를 향해 뛰었다. 1루까지 뛰는 짧은 순간 동안 지난 1년이 내 앞을 스쳐지나갔다. 찰거머리처럼 따라 다니던 주름 박정석 샘. 감독님. 꼬불머리 샘. 내 친구 원진이 그리고 교장수녀님. 힘들었던 순간들은 이 안타로 모두 보상받을 것이다. 1루를 지나쳐 뛰었다. 돌아보니 1루심이 팔을 들고 서 있다.

"아웃!"

전주고 선수들은 이미 더그아웃으로 뛰어가고 있다.

시합은 끝났다. 내가 친 공은 좌익수 정면으로 갔다. 잘 맞았지만 전진수비한 전주고 좌익수에게 잡힌 것이다. 안타인 줄 알았다. 정말 잘 맞은 느낌이었는데. 동성고 경기에서 맛 본 안타와 똑같은 느낌이었는데…….

9회말 2사 만루.

역전드라마는 없었다.

나는 역전드라마의 주인공이 되지 못했다.아이들을 따라 운동장 한가운데 섰다. 전주고와 나란히 서서 인사를 했다. 아직도 내 공이 잡혔다는 게 믿기지 않는다.

버스에 오르는데 인하의 어깨가 보였다. 인하는 어깨가 아파서 웃통을 벗은 채 얼음주머니를 동여매고 있었다. 그 모습을 보니 갑자기 왈칵 눈물이 쏟아졌다. 저 어깨로 끝까지 던져냈는데, 처음으로 7이닝을 던지고 어깨가 무너져 내려 얼음으로 통증을 가라앉히고 있는데, 나 때문에…… 시합에 졌다.

눈물이 멈추질 않는다. 오른손을 바라보았다. 물집이 잡혀 너덜너덜해진 나의 손. 팔에는 여전히 통증이 남아 있다. 사실 타석에 들어섰을 때 이미 오른팔이 아팠었다. 만일 팔이 아프

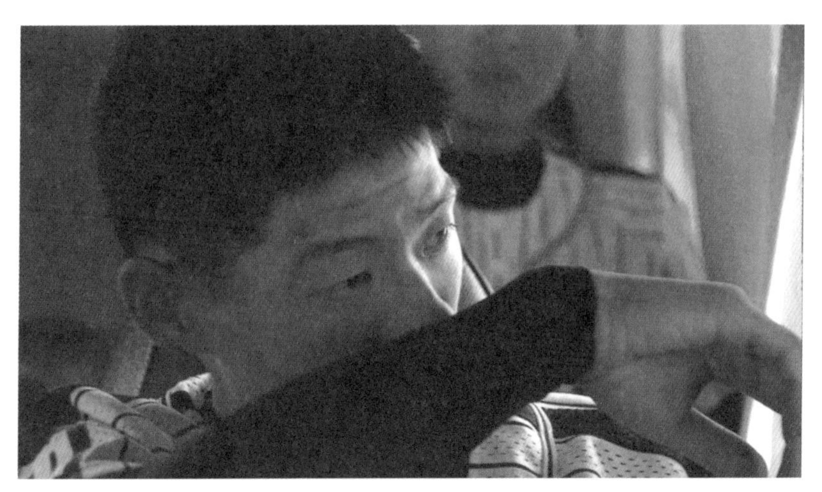

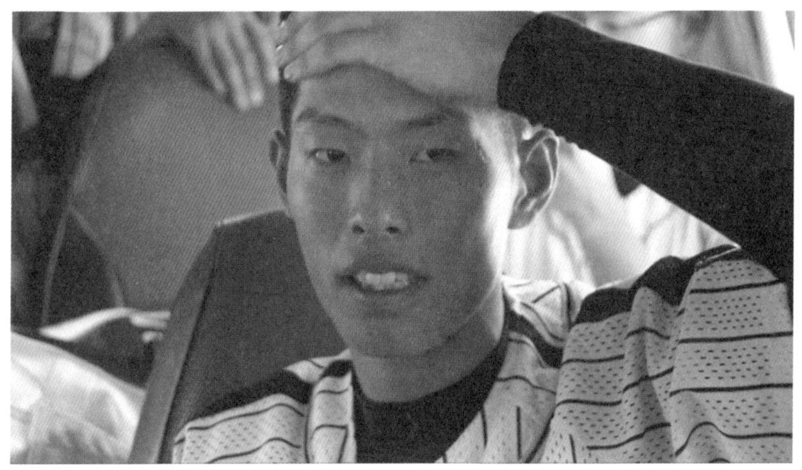

꼭 1승을 하고 싶었다.

버스를 타고 학교로 돌아오는 길,
눈물이 멈추질 않았다.

지 않았더라면 안타를 칠 수 있었을까? 좀 더 세게 쳤더라면 전주고 좌익수의 키를 넘길 수 있었을까? 그러면 끝내기 안타가 되었을까? 나는 이미 나를 지나쳐 가 버린 9회말 2사 만루의 순간을 여전히 붙잡고 있다.

"준석아, 이 녀석. 잘했어, 잘했어."

주름 샘이 뒷자리로 와서 나를 위로한다.

"주장! 잘 쳤어."

옆자리에 앉은 길원이가 눈물을 닦아 주며 나를 달랬다.

"준석아, 정말 잘 쳤어. 나도 그 순간 안타라고 생각했어. 우리 모두 더그아웃에서 벌떡 일어서서 환호했었어."

주름 샘의 말에 더 눈물이 났다. 가슴이 아프다.

"선생님. 죄송해요. 내가 좀 더 힘껏 쳤어야 했어요."

"잘 맞았어. 그런데 운이 없었던 거야. 전주고 수비수가 전진 수비할 줄은 몰랐던 거지."

"선생님. 저 진짜 1승 하고 싶었어요."

꼭 이기고 싶었다.

주름 샘에게 1승의 꿈을 선물하고 싶었다. 박상수 감독님의 한을 풀어 드리고 싶었다. 아니 나 자신을 위해 1승을 꼭 하고 싶었다. 이기는 경기를 하고 싶었다. 그러면 주름 샘 말대로 앞으로 나아갈 수 있을 것 같았다.

나는 충주로 돌아오는 내내 9회말 2사 만루의 타석에 서 있었다. 정말 운이 없었던 것일까? 아니 나의 노력이 부족했던 거다. 주름 샘이 처음 야구를 하자고 했을 때부터 열심히 했더라면 오늘 결과는 달라졌을지도 모른다. 내가 허비해 버린 시간들이 아까웠다.

나는 자주 이 순간을 떠올릴 것이다.

9회말 2사 만루. 나는 상상 속에서 몇 번이나 이 타석에 다시 서게 될 것이다.

열두 경기를 마치며

전국고교야구대회 열두 경기가 모두 끝났다. 전주고와 9회 말까지 가는 접전을 펼친 뒤 우리는 많이 달라졌다. 어떤 팀을 만나도 두렵지 않았다.

열두 경기 마지막 시합인 군산상고와의 경기에서도 우리는 3점을 냈다. 비록 이기지는 못했지만 우리는 이제 시합 때마다 안타도 쳐 내고 점수도 낸다. 군산상고와의 경기에서는 깜빡이 현배가 장장 3루타를 날려서 우리 모두를 깜짝 놀라게 했다. 현배는 타격감이 좋은데 실전에서는 늘 주눅이 들어 실력을 발휘하지 못했었다. 현배는 자기에게도 한 방이 있다는 걸 모두에게 보여 주었다. 아마 두고두고 이 무용담을 들려 주겠지.

"내가 군산상고 경기에서 3루간 빠지는 장장 3루타를 날렸거든!"

어쩌면 다음 시즌이 시작될 때까지 우리는 몇 번이고 현배에게서 이 이야기를 듣게 될 것이다. 열두 경기가 모두 끝나고 교장수녀님이 삼겹살을 사 주셨다. 비록 1승을 하지는 못했지만 1년 동안 우리의 성장을 축하해 주셨다.

"열두 경기를 정말 무사히 치러낼 수 있을지 걱정을 많이 했습니다. 아침에 버스가 떠날 때마다 '우리 아이들에게 용기를 주세요.' 하고 기도했어요. 너무 기뻤던 건 우리 야구부 마음속에 노력하고 집중하면 우리도 이길 수 있다는 생각이 생긴 겁니다. 모두 열두 경기 치르는 동안 수고 많았습니다. 오늘 제가 한턱 쏘니까 마음껏 드세요. 지난번처럼 급히 먹어가지고 탈나지 말고 천천히, 이제는 다 끝났으니까 천천히 잘 구워서 먹어요. 정말 수고 많았습니다."

"교장수녀님 감사합니다."

불판이 놓이고 돼지삼겹살이 열 맞춰 등장했다. 오늘은 정말 많이 먹을 수 있을 것 같다.

"준석. 8인분. 8인분."

안경 원진이가 혼자서 8인분은 거뜬히 먹을 수 있을 거라고 큰소리를 치고 있다.

"나. 나. 8인분!"

길원이가 맞장구친다.

"교장수녀님. 천천히 먹으면 우리 아이들 얼마나 먹을지 모르는데 괜찮겠어요?"

주름 박정석 샘이 계산서를 걱정한다.

"오늘은 정말 맘껏 드세요! 다 책임집니다."

교장수녀님이 활짝 웃는다.

"감독님도 한 말씀 하시죠."

주름 샘이 감독님에게 소감을 부탁했다.

"너희들이 일주일 사이에 감독님을 지옥으로도 보냈다가 천국으로도 보냈다가 한 것 같다. 28 대 0으로 지고 정말 힘들었는데, 일주일 만에 전주고를 상대로 9 대 7로 잘해 주었다. 충주성심학교 야구부 창단 이래 가장 나쁜 성적도 가장 좋은 성적도 모두 너희가 세웠다. 9 대 7. 우리 야구부 역사에서 가장 좋은 성적이다. 초창기 선배들이 9 대 6으로 이길 뻔했던 경기가 있었다. 그 기록을 너희가 8년 만에 깼다. 그리고 감독님이 내년에 할 일을 남겨 줘서 고맙다. 내년에는 더 열심히 해서 꼭 1승 하자."

"서문 선생님도 수고 많았어요."

"저는 아주 행복했어요."

갈래머리를 한 꼬불머리 서문 샘이 소녀처럼 웃는다. 주름 샘이 다시 일어선다.

"열두 경기 대장정을 끝냈다. 아주 잘한 날도 있었고, 점수 많이 줘서 좀 창피하다 생각 드는 날도 있었고, 맞아서 깜짝 놀란 날도 있었고, 근데 다 끝난 지금 생각해 보면 그래도 우리 많이 발전했다. 맞지?"

"네."

"좋은 결과를 가지고 열두 번의 시합을 끝낸 우리 모두에게 스스로를 자랑스럽게 생각하고 박수를 한번 쳐 주자. 박수!"

우리 자신을 위해 박수를 쳤다. 정말 힘차게 박수를 쳤다.

"주장. 수고 많이 했어. 준석이 오늘 소감 한마디 말해 봐."

나는 일어서서 아이들을 둘러보았다. 불판 앞이어서인지 아이들 얼굴이 발갛고 예뻐 보였다.

"너희들 다 열심히 해서 자랑스러워. 모두 함께 그만두는 사람 없이 끝까지 와서 고마워."

인교를 바라보았다. 지난 4월 공주고와의 경기 후 팀을 떠나겠다고 했던 인교였다. 열두 경기를 끝까지 참가해 주어서 정말 고마웠다.

"매일 우리가 못한다고 반성만 했는데 오늘은 칭찬을 한번 하자. 서로에게 잘했다고 칭찬해 주자. 나부터 할게."

나는 한 사람 한 사람 둘러보았다. 지난 열두 경기 동안 가장 실력이 많이 향상된 용우가 눈에 들어왔다.

"지금까지 시합한 거 보니까 용우가 공을 잘 던진 것 같아. 공 잘 던지는 용우를 칭찬합니다."

용우가 일어선다.

"포기하지 않고 열심히 한 길원이."

길원이가 웃으며 일어선다.

"포기하지 않고 열심히 던진 사람. 인하."

"안타 잘 치는 현배."

"외야 잘하는 원진이."

"안타 많이 치는 인교."

"1루 잘 잡은 의강이."

우리는 처음으로 서로를 칭찬했다. 모두의 얼굴에 웃음이 가득하다.

"자 모두 사이다를 한 잔씩 따르자."

주름 샘은 우리들 잔에다 사이다를 따라 주셨다.

"자, 앞의 잔을 들어라. 다 들었어? 선생님이 구호를 먼저 외칠 테니 다 함께 외치자."

우리는 모두 잔을 번쩍 들었다.

"나는 할 수 있다. 우리는 할 수 있다. 우리의 1승을 위하여!"

"나는 할 수 있다. 우리는 할 수 있다. 우리의 1승을 위하여!"

우리는 기분 좋게 사이다를 벌컥벌컥 들이켰다. 나는 슬쩍 주름 샘 옆자리에 가서 앉았다. 비어 있는 유리컵에 맥주를 한 잔 따랐다. 매일 밤늦게까지 야구부와 함께 생활하면서 몸이 망가져 술을 드시지 않는 건 알고 있었다.

"선생님, 오늘은 한 잔 드세요!"

"나 술 안 먹잖아."

"제가 처음으로 드리는 잔이에요!"

"그럼 주장이 주는 거니까 딱 한 잔이다."

주름 샘이 맥주를 들이켰다.

"선생님 수고 많으셨어요. 더 열심히 해서 내년에는 꼭 9회 말 2사 만루에서 안타 칠게요. 그리고 저에게 야구하자고 해 주셔서 감사합니다."

"하하. 이 녀석 봐라! 준석이가 고맙다는 말도 다 하는구나. 기분 좋은데! 근데 선생님 찰거머리 같아서 싫었다면서?"

"선생님, 왜 이러세요?"

다음 날 현관 복도에 모두 모였다. 이제 해단식을 하고 집으로 간다.

"연습할 때는 죽어라 지각 하더니. 집에 간다고 하니까 일찍 나와서 기다리네!"

감독님이 우리를 구박했다. 사실 해단식은 오전 9시로 예정

되어 있는데 우리는 8시 반부터 모여 있다. 모두 집에 갈 생각에 아침 일찍 눈이 떠졌다.

"현배는 집에 가서 뭐 할 거야?"

감독님이 의미심장하게 묻는다.

"자전거 탈 거예요."

"올해도 자두 따야지?"

"네. 자두 따요."

"깜빡이. 자두는 따더라도 합숙 때는 와야 한다. 감독님 힘들어서 너 잡으러 김천까지 못 가."

"네."

그때 꼬불머리 서문은경 샘이 치마를 입고 구두를 신고 나타났다.

"와아아!!"

꼬불머리 샘의 낯선 모습에 모두 함성을 질렀다.

"남자다리 같아요."

한층 기분이 업 되어 있던 꼬불머리 샘에게 인교가 돌직구를 날렸다.

"인교! 너 맨날 나보고 근육걸이라고 놀리지?"

인교에게 꼬불머리 샘이 바로 하이킥 자세를 취한다.

"샘. 남자다리로 맨날 하이킥 날리고 그러면 시집 못 가요."

"준석이 너 정말 하이킥 맞고 싶어?"

"그럼 샘 얼굴수화 바꾸어 버려요."

"뭐로 바꿀 건데?"

"꼬불머리에서 남자다리로요."

서문은경 샘이 헉한다.

"얘들아, 꼬불머리 샘 얼굴수화 남자다리 어때?"

"좋아!"

"너희 그랬다간 봐. 전부 화장실 청소 한 달이야!"

"선생님 치마 입은 거 보니까 선보러 가나 봐요. 우리 국수 언제 먹어요?"

"비밀이야."

"정말 애인 생겼어요?"

방학 동안 꼬불머리 샘에게도 좋은 일이 생겼으면 좋겠다. 우리랑 야구는 잠시 잊었으면 좋겠다.

9시 정각. 주름 샘이 나타났다.

"자, 모두 모였지? 집에 가서 잘 쉬고. 야동 보지 말고. 야동 보고 오면 선생님 다 알아. 딱 보면 알아. 야동 보면 눈동자가 이렇게 헤헤 풀려 있어. 야동 보고 싶으면 나가서 운동하고. 맛있는 거 많이 먹고. 합숙 때 다시 만나자. 해산!"

주름 샘이 해단을 선포하자 모두 신이 났다.

방학이다! 그래봐야 겨우 일주일이다. 일주일 후에는 다시 여름 합숙이 시작될 것이다.

결국 엄마를 또 한 번 슬프게 했다. 집에 돌아와서 쉬어도 계속 오른팔이 아팠다. 병원에 갔더니 팔이 부러졌단다. 피로골절이라고 했다.

"준석아 아프면 말을 해야지. 이 바보야."

엄마는 깁스를 한 내 모습을 보고 속상해했다. 3개월 동안 깁스 상태로 꼼짝없이 지내야 한다. 연습량이 많으면 팔이 아팠지만 부러졌을 줄은 정말 몰랐다. 혹시 아프다고 하면 시합에 못 나갈까 봐 감독님께 이야기하지 않았다.

'언제 부러졌을까?'

팔꿈치 쪽인 걸 보면 아무래도 '몸에 맞는 공'에 맞았을 때 문제가 생긴 것 같다. 전주고 경기에서도 결국 나는 팔이 부러진 채 시합을 한 거다. 팔이 부러지지 않았다면 나는 안타를 칠 수 있었을까? 팔이 괜찮았다면 전진수비한 좌익수의 키를 넘길 수 있었을까? 나는 또 9회말 2사 만루를 떠올린다.

많이 불편하지만 전리품이라 생각하기로 했다. 몸에 맞는 공에 부상도 당하고. 안타도 치고. 경기에 졌다고 눈물도 흘릴 줄 알고. 홍준석, 너도 이제 야구선수 다 됐다.

수화상식

할 수 있다

손끝이 위로 향하게 펴서 세운 오른 손바닥을 입 앞에 댔다가 내밀며 입으로 '파' 하고 소리를 냅니다.

(출처: 한국수화사전)

태희의 선택

'주장 애인 구함.'

인교가 내 깁스에 애정 어린 글귀를 남겼다. 그냥 둘까 하다가 내 사회적 위치를 생각해 낙서에 한 글자를 더 집어넣었다.

'주장 애인 안 구함.'

2학기가 시작되면서 인교는 예상대로 야구를 그만두었다. 인교가 반납한 등번호 5번은 태희가 물려받았다. 야구복과 함께. 손바닥이 까지는 게 싫다고 하던 태희였다. 공이 무섭다고 하기에 야구부에는 안 올 줄 알았다. 주름 샘이 한 학기 동안이나 찰거머리처럼 따라다닌 끝에 태희는 야구부에 합류했다.

"속눈썹 긴 녀석. 너 왜 야구부 들어왔어?"

"박정석 선생님 믿어 보려고."

"왜 믿어?"

"박정석 선생님. 할 수 있다. 열심히 해 보자. 그런 말 하니까 좋아."

"칭찬받으니까 좋고?"

"응. 칭찬받으니까 좋아."

주름 샘의 칭찬에 넘어간 녀석이 하나 더 늘었다. 태희가 나의 길을 그대로 따라 가는 것 같아 피식 웃음이 났다. 주름 샘의 찰거머리 작전에 태희가 제대로 넘어온 것 같다.

"나 꿈이 생겼어."

"어떤 꿈?"

"프로야구선수."

"어이, 어이, 속눈썹 긴 녀석. 모든 선수가 프로야구선수가 되는 건 아냐. 아주 잘하는 몇 사람만 프로야구선수가 될 수 있어."

"나도 알아. 열심히 하려고."

요즘 주름 샘이 태희를 엄청 챙기고 다닌다. 타격연습에 캐치볼까지. 매번 태희를 따라 다니며 함께하고 있다. 옆에서 보고 있자니 눈꼴이 시다. 주름 샘의 눈에는 깁스한 내 팔은 보이지도 않는 것 같다. 주장이라 쉬지도 못하고 깁스한 채로 훈련에 참여하고 있는데 장하다는 칭찬 한마디 없다.

등번호 5번을 받은 태희

“태희야, 양말은 몇 개 있니?”

“두 개요.”

“선생님이 여기 두 개, 두 개 더 줄게. 부족하면 선생님한테 말해. 더 챙겨 줄게.”

“감사합니다.”

그 모습을 두고 보자니 불뚝심지가 솟았다.

“샘, 너무 태희만 챙기는 거 아녜요?”

“태희 처음 하니까 모르는 거 많잖아. 도와 줘야지. 준석이 너도 주장이니까 태희 많이 챙겨 주고.”

“샘, 태희에게 프로야구선수가 될 수 있다고 말한 건 너무 뻥 센 거 아니에요?”

“하하하. 준석이 불만이야? 내가 프로야구선수 될 수 있다고 한 거 아냐. 길원이 보고 태희가 프로야구선수 꿈을 가진 거지. 그렇다고 ‘넌 안 돼!’라고 할 수는 없잖아? 태희의 꿈인데.”

요즘 1학년 사이에서 태희의 인기가 급상승하고 있다. 길원이도 태희의 인기를 살짝 견제하는 분위기다. 사실 그동안 1학년에서는 길원이의 인기가 단연 1위였다. 그냥 예쁘장하기만 하던 미소년 태희가 야구를 시작하자 남자다워졌다고 여학생들 사이에 난리가 났다. 이러다 태희 저 녀석, 주장인 나의 인기까지 넘보는 거 아냐? 태희는 외야수를 맡게 되었다. 요즘 원진이와 함께 우익수 자리에서 연습을 하고 있다.

"속눈썹 긴 녀석. 운동장에 직접 와서 해 보니 어때?"

"야구 어려워. 외야수 어려워."

"우리 팀 중에서 누가 야구 제일 잘하는 거 같아?"

나는 내심 주장이라고 대답하길 기대하면서 물었다.

"안경 원진 형. 원진 형 너무 잘해!"

뭐라고? 우리의 구멍 원진이가 야구를 제일 잘한다고? 나는 어이가 없어 태희를 한참 쳐다보았다. 살다 보니 원진이 인생에 이런 날도 있다.

"원진 형. 공 너무 잘 잡아. 나도 원진 형처럼 되고 싶어."

외야수를 처음 시작한 태희에게 원진이는 구멍이 아니라 야구의 신으로 보인다고 한다. 그렇게 원진이는 태희의 우상이 되었다. 안경 원진이가 우익수 자리에서 태희에게 다이빙 캐치 시범을 보인다. 태희가 마치 아이돌 가수 좋아하는 소녀팬마냥 원진이를 바라본다.

"원진 형 멋져!"

태희의 눈에 하트가 뿅뿅 생긴다. 원진이가 어깨를 으쓱하며 태희에게 다이빙 캐치를 시킨다. 그렇게 구멍 원진이는 '수비 잘하는 선배'로 후배들에게 알려지고 있었다.

이제 본격적으로 2012년을 향한 준비가 시작되었다.

인교의 빈자리는 내년이면 태희가 메울 수 있을 것이다. 중3인 권세와 강호도 고교야구부에 합류한다. 내 팔도 3개월이 지나면 깁스를 풀 수 있다. 충주성심학교 야구부의 1승을 향한 도전.

지금부터 다시 시작이다.

국가대표 선수

나는 국가대표 선수가 되었다. 나라를 대표한다는 건 생각보다 가슴 벅찬 일이다. 청각장애인 국가대표 선수가 되어 가슴에 'Korea'라고 쓰인 단복을 받던 날은 코끝이 시큰해지며 눈물도 났다.

2012년 5월.

아시아태평양 농아인야구대회에는 한국, 일본 그리고 대만이 참가했다. 한국의 국가대표 선수들은 대부분 충주성심학교 출신이다. 전설의 장왕근 선배를 비롯해 송영태 선배와 김태현 형도 국가대표 선수가 되었다. 재학생 중에는 서길원, 양인하, 김준호 그리고 나. 이렇게 네 명이 포함됐다. 국가대표 감독은 당연히 우리의 박상수 감독님이 맡았다.

엄마는 국가대표 선수로 뛰는 아들의 모습을 보고 싶다며 청

국가대표 선수가 되어
'Korea'라고 쓰인 단복을 입게 되었다.

주에서 성남까지 먼 길을 올라오셨다.

"와. 우리 아들 잘생겼네."

나는 가슴에 새겨진 글씨를 가리켰다.

"Korea."

"코리아 마크 진짜 멋지다. 준석이 정말 국가대표 선수 같아."

"나 국가대표 선수 맞아!"

엄마는 활짝 웃으며 날 꼭 안아 줬다.

대만대표팀을 상대로 우리는 맘껏 실력을 뽐냈다. 충주성심학교 출신 선배들이 우리의 한풀이라도 해 주듯 5회에 무려 13점을 냈다. 전광판에 13점을 나타내는 D가 떴다. 우리의 상대팀이 D를 먹다니 느낌이 새로웠다. A를 먹고 놀랐던 작년 화순고 경기의 설욕전 같았다. 우리는 24 대 5라는 큰 점수 차로 대만대표팀을 이겼다.

"우리 준석이 야구 시킨 보람 있네."

엄마는 경기를 다 보고 나서 나를 자랑스러워하셨다. 무엇보다 엄마에게 이기는 경기를 보여 준 것이 가장 기뻤다.

대만과의 경기를 치르면서 한 가지 인상적이었던 건, 대만대표팀 감독님은 수화를 전혀 못한다는 것이다. 대만 감독님은 수화통역자를 통해 선수들과 대화를 했다. 수화로 척척 작전지시를 내리는 박상수 감독님이 새삼 대단하다는 생각이 들었다. 든든한 거목 같았다. 청각장애인 선수들에게 박상수 감독님은 김성근 감독님이요, 김응룡 감독님이다. 안타를 딱딱 치고 나가는 선배들의 모습이 보기만 해도 듬직했다. 선배들은 구력이 벌써 10년이 되어 간다.

송영태 형은 대학교에서 야구선수로 활동하고 있다. 내가 야구부에 들어갔을 때 주장이던 태현이 형은 공장으로 갔다. 학교 다닐 땐 야구하기 싫다고 감독님 속을 그렇게 썩이더니 요즘은 주말마다 야구장에서 산다고 한다. 태현이 형이 학교 다닐 때 야구를 열심히 하지 않은 게 너무 후회스럽다고 말해서, 감독님을 쓴웃음 짓게 만들었다. 전설의 장왕근 선배는 농아인협회에서 일하고 있다. 모두 감독님이 길러 낸 선수들이다.

농아인 야구대회를 개최하면 각 도의 대표로 나오는 선수들 대부분이 충주성심학교 야구부 출신이다. 충주성심학교 야구부의 10년 세월이 쌓여 여러 곳에서 결실을 맺어 가고 있다.

공장으로 간 선배들도 일이 끝나면 사회인 야구단에서 운동을 계속한다. 매년 9월 9일, 귀의 날은 홈커밍데이인데, 야구부 출신들이 모두 모여 시합을 한다. 작년에는 선배들이 힘들게 공장에서 일해서 번 돈을 모아 야구부 후배들에게 장학금을 전달해서 교장수녀님을 울렸다.

2012년에도 우리는 전국고교야구대회 열두 경기에 참여했다. 그리고 또 한 번 선생님들을 놀라게 했다. 강호 천안북일고와의 경기에서 35 대 1로 대패한 것이다. 작년 우리가 화순고와의 경기에서 기록했던 창단 이래 최악의 점수 28 대 0이라는 대기록을 1년 만에 다시 갈아치웠다.

"선생님 심장마비 걸리겠다. 이 짜쓱들아."

주름 박정석 샘이 가슴을 부여잡았다.

"도대체 선생님을 얼마나 더 놀라게 할 거야?"

주름 샘은 너무 어이가 없어 그날 우리를 혼내지도 못했다.

"에고. 그래도 우린 1점 냈잖아요. 일본에서는 작년에 102 대 0으로 진 경기가 있었대요."

서문은경 샘이 우리를 위로해 주었다. 2012년 고교야구 주말리그 열두 경기에서도 우리는 1승을 하지 못했다. 꿈의 1승은 내년에 길원이와 인하가 다시 도전할 것이다.

고3인 나는 졸업을 앞두고 있다. 이곳에서 야구와 함께했던 3년을 정리해야 한다. 경진이는 벌써 카메라 공장으로 현장실습을 나갔다. 10월이 오면 더 많은 고3 친구들이 공장으로 갈 것이다. 원진이, 현배도 공장으로 가게 될 것이다. 사회복지사가 꿈이라며 야구를 그만두었던 인교도 결국 집안 사정 때문에 공장으로 갔다.

"교장수녀님! 안녕하세요?"

"준석아. 너는 어디로 갈지 정했니?"

"아뇨. 아직이요."

교장수녀님이 또 어디론가 갈 채비를 하고 있었다.

"교장수녀님. 아직 앵벌이 안 끝났어요?"

"내일 모레면 은퇴해야 하는데. 준석아, 나 아무래도 정년퇴직 못할 것 같다."

"왜요?"

"야구부 돈 걱정 없이 연습하게 하려고 천사(1004) 모집을 시작했잖아. 1004명의 후원자를 모으고 떠나야 되는데, 나 아직 300명밖에 못 모았어. 어떡하지?"

교장 수녀님의 가방에서 종이 뭉치가 삐죽하고 밖으로 나와 있었다.

"교장수녀님. 이게 뭐예요?"

"후원자 모집 전단인데, 디자인 어때?"

교장수녀님이 전단지 한 장을 꺼내 나에게 건네주었다. 이 후원자 모집 전단지 속에는 교장수녀님의 마음이 그대로 묻어 있었다. 우리에게 더 나은 미래를 열어 주고 싶은 교장수녀님의 마음. 교장수녀님은 지난여름부터 이 전단지를 들고 전국의 성당을 돌고 있다. 물론 교장수녀님은 성서강의 모임 제자들의 목을 비트는 일도 함께 하고 있다.

"저도 돈 벌면 천사가 될게요."

"그럼 나는 703명만 모으면 되겠구나!"

"교장수녀님은 1004명 다 모을 때까지 여기 성심에 계속 계셔야 해요!"

"그럴까?"

교장수녀님의 눈이 또 반달이 된다. 이젠 교장수녀님의 저 기분 좋은 미소를 볼 날도 얼마 남지 않았다. 야구복을 정리하다 1번이 새겨진 모자를 집어 들었다.

"귀염둥이. 이 모자 너 줄까?"

"1번? 1번 모자? 좋아."

길원이가 모자를 받아들더니 써 본다. 1이란 숫자가 길원이에게 왠지 행운을 가져다 줄 것만 같다.

"내년에는 꼭 1승 해라. 형이 못 이룬 꿈 이뤄 주라."

"1승 꼭 할게."

"약속."

"약속. 복사. 복사."

길원이는 야구를 계속했으면 좋겠다. 갤러뎃 대학교에도 갔으면 좋겠다. 10년 뒤. 길원이를 공장이 아니라 야구장이나 텔레비전에서 볼 수 있었으면 좋겠다.

나의 야구는 여기에서 끝났다.

노란색의 외벽. 지긋지긋했던 충주야구장. 재활원에서의 생활도 그리울 것 같다.

충주성심학교에서 보낸 3년은, 내가 청각장애인임을 인정하는 시간이었고, 수화를 배운 시간이었다. 야구를 하면서 함께 살아가는 방법을 배운 시간이기도 했다. 28 대 0, 35 대 1로 진 시간이었고, 그리고 9 대 7로 이길 뻔했던 시간이기도 하다. 야구를 하면서 처음으로 꿈이란 걸 가졌다. 1승을 향한 꿈. 끝내 이루지 못한 나의 꿈이다.

"준석아. 빨리 가지는 못하더라도 게으르게 가지는 마라."

내 걱정에 주름이 더 깊어졌을, 나의 스승 박정석 선생님이 내게 준 마지막 당부다.

나는 어디로 가야 할까? 공장을 갈 수도 있고, 대학교에 갈 수도 있다. 내가 무엇을 하든 어디에 있든, 나에게는 9회말 2사 만루의 순간이 늘 존재한다. 심장이 쿵쾅대는 두근거림. 온몸에 흐르는 긴장감. 1승을 향해 배트를 휘둘렀던 순간. 그 기억은 두고두고 나를 지탱하는 태산 같은 힘이 될 것이다. 그 심장의 울림이 아직도 생생하다.

에필로그

2013년 2월.

나는 충주성심학교를 졸업했다. 졸업식 다음 날은 교장수녀님의 은퇴식이 있었다. 아이들은 교장수녀님을 더 이상 볼 수 없다는 것만큼 돼지주물럭을 먹을 수 없어서 아쉬워했다.

"여러분과 함께한 지난 5년을 잊지 못할 겁니다. 특히 야구부와 함께한 시간은, 제게 큰 행복이었습니다. 실내구장을 짓긴 했지만 약속을 다 지키지 못하고 떠나게 되어 미안합니다. 전용구장을 짓겠다는 약속도 지키지 못했고. 1004명의 후원자를 모으겠다는 약속도 지키지 못했습니다. 1승 하는 걸 꼭 보고 싶었는데 그 소원을 이루지 못하고 떠납니다. 하지만 야구를 해야 힘 있게 큰다는 것. 야구가 여러분들을 자라게 한다는 것. 그 믿음은 여전히 가지고 있습니다."

고별사를 하고 난 후, 교장수녀님은 우리들과 마지막 악수를 했다.

"교장 수녀님. 정말 떠나세요?"

"그래. 준석이는 직업훈련원으로 간다고 했지?"

"네. 저는 공부를 좀 해 보기로 했어요."

"잘할 수 있겠어?"

"야구보다 힘들진 않겠죠?"

나는 직업훈련원에서 2년 동안 컴퓨터 관련 공부를 하기로 했다. 2년 동안 직업 교육을 받은 뒤, 직장을 구할 것인지 더 공부를 할 것인지 정하기로 했다. 난생 처음 두꺼운 책을 잡고 씨름을 하고 있다. 오전 9시부터 오후 5시까지 엉덩이를 붙이고 앉아 있어야 한다. 힘들다는 생각이 들 때면, 한여름 불볕더위의 충주야구장을 떠올린다. 그럼 견딜 만하다.

길원이는 충주성심학교 야구부의 주장이 되었다. 그리고 학생회장이 되었다. 바야흐로 길원이의 전성시대다. 나는 요즘 주말마다 인터넷으로 야구소식을 뒤지고 있다. 3월부터 시작된 주말리그. 그 경기에 후배들이 출전하고 있다. 녀석들은 지난 세 경기에서 모두 점수를 냈다. 그중 두 번은 9회까지 갔다. 이러다 정말 올해 1승을 할지도 모르겠다. 인하, 길원이, 태희, 그리고 권세로 이루어진 충주성심 야구부 역사상 최강의 팀이다.

내가 없는데도 여전히 야구를 하고 있고, 내가 없는 데도 야구팀이 돌아간다는 것이 조금은 낯설다. 후배들은 오늘도 1승을 향해 달린다. 주름 선생님도 1승의 꿈을 위해 아이들과 함께 운동장을 누비고 있을 것이다.

내 책상 위로 간간이 학교 소식이 전해진다. 가을에는 슬픈 소식이 들려왔다. 감독님이 편찮으시다고 한다. 든든한 거목 같던 감독님이 암투병 중이다. 후두암인데, 암이 임파선으로까지 퍼졌다고 한다. 감독님은 항암치료를 시작했다. 건장하시던 몸은 점점 야위어 갔다. 감독님이 힘들어하는 모습을 보자니 1승의 소원을 들어드리지 못한 것이 너무 죄송스러웠다.

감독님은 2003년에 충주성심학교로 부임한 이후 10년 동안 객지 생활을 하셨다. 그동안 몸이 많이 상한 것이다. 거기다 우리를 가르치느라 받은 스트레스가 결국 감독님을 암에 걸리게 했을 것이다. 감독님에게는 아직 못다 이룬 1승이라는 꿈이 있다. 그 꿈을 위해, 감독님은 암과 싸워 이기고 꼭 다시 우리 곁으로 돌아오실 것이라 믿는다.

나는 주말이면 사회인 야구팀에서 야구를 한다. 좀 더 일찍 야구를 시작했더라면 어땠을까? 그랬으면 야구로 내 인생을 꿈꿀 수 있었을까? 이런 미련은 더 가지지 않기로 했다. 1승을 향한 도전. 이루지 못한 꿈이지만 그 꿈이 나를 깨웠다.

나는 야구를 하면서 꿈꾸기를 배웠다.

그리고 이제 다시 새로운 꿈을 꾸기 시작했다.

작가의 말 – 윤미현

준석이를 처음 만난 것은 〈MBC스페셜-충주성심학교 야구부〉 촬영을 위해 충주야구장으로 헌팅을 갔을 때였다. 길원이를 인터뷰 하고 있는데, 뒤에서 또렷한 목소리가 들려왔다.

"우리 촬영해요?"

깜짝 놀라 돌아보니 키가 크고 제법 잘생긴 야구부원이 서 있었다. 키 큰 소년은 껄렁껄렁한 자세로 걸어오더니 대뜸,

"나 찍지 마요! 안 찍어요."

라고 말하고 사라졌다. 청각장애인이라고 하기에는 발음이 너무나 정확했다.

"선생님 누구예요?"

야구부장인 박정석 선생님께 물었다.

"준석이에요."

"저 선수도 청각장애인이에요?"

"네. 준석이 구화 잘하죠?"

아마 청각장애인이라고 박 선생님이 말하지 않았더라면, 준석이를 일반 학생이라고 생각했을 것이다. 준석이는 사진 찍히는 걸 극도로 싫어했다. 사진을 찍으면 검정마스크를 쓰고 나타난다고 한다. 충주성심학교 야구부를 촬영하려면, 준석이 때문에 애 좀 먹겠다고 그날 생각했다.

이듬해 3월. 본격적인 촬영이 시작되었다. 촬영을 거부하던 껄렁한 소년은 그사이 주장이 되어 있었다. 대변신이다. 주장이 된 준석이는 대놓고 촬영을 거부하지는 않았지만, 교묘하게 카메라를 등졌다. 그런 준석이 때문에 촬영 초반은 무척 고생했다. 그런데 〈충주성심학교 야구부〉를 촬영하는 1년 동안 준석이는 카메라를 향해 조금씩 마음을 열어 보이기 시작했다. 1년이라는 제작기간은 준석이와 친해진 시간이기도 했고, 준석이를 통해 청각장애인에 대해 이해하게 된 시간이기도 했다.

"PD님. 이럴 줄 알았으면, 처음부터 멋있게 카메라에 찍힐걸 그랬어요."

준석이가 자신의 촬영분이 적다는 걸 알고 뒤늦게 후회했다.

"그러게. 준석이 너 삭발하고부터 제대로 찍혔네. 잘생겼을 때 모습은 거의 촬영된 게 없다야."

충주성심학교 야구부가 처음으로 열두 경기에 도전하면서, 선생님들은 아이들이 과연 이 경기들을 무사히 치러낼 수 있을지 걱정을 많이 하셨다. 그런데 카메라가 있어서 일까? 아이들은 낙오자 없이 열두 경기를 모두 치러 냈고, 그 열두 경기를 통해 성장했다.

〈MBC스페셜-충주성심학교 야구부〉 방송이 나가고 난 후에도 이 아이들의 이야기를 좀 더 세상에 알리고 싶었다. 그래서 작가인 이소정 씨와 의기투합, 두 사람이 충주성심학교 야구부 이야기를 성장소설로 쓰게 되었다.

이 책은 준석이가 입학하면서부터 졸업하기까지, 3년 동안의 기록을 다룬 논픽션 성장소설이다. 껄렁껄렁하던 소년이 야구를 하면서 조금씩 바뀌기 시작하고, 1승이라는 간절한 꿈을 향해 달려가는 이야기이다.

이 책에 나오는 열두 경기의 야구기록과 등장인물은 모두 사실이다. 준석이의 어린 시절도 사실에 기초해서 썼다. 다만 준석이가 야구를 시작하기까지 겪은 갈등과 아이들의 마음속 이야기는 조금씩 소설적 상상력을 더해 각색해서 썼다. 그래서 논픽션에 바탕을 두었지만, 성장소설이란 이름을 달았다.

이 소설을 통해 청소년들이 청각장애인의 삶에 대해 이해하게 되었으면 좋겠다. 청각장애라는 벽 앞에서 좌절했던 준석이가, 야구를 하면서 변화하고 어려움 속에서도 1승이라는 꿈을 향해 달려가는 모습이 청소년들에게 도움이 되었으면 하고 바란다.

『충주성심학교 야구부, 1승을 향하여』는 준석이의 성장소설이기도 하지만, 또한 네 분 선생님의 이야기이기도 하다. 충주성심학교 야구부를 위해 뒤에서 묵묵히 헌신해 온 박정석 선생님, 서문은경 선생님, 장명희 전 교장수녀님 그리고 박상수 감독님께 이 책을 바친다. 네 분 선생님의 열정과 노력에 이 책이 작은 위안이 되었으면 하고 바란다.

무더운 날, 땡볕아래에서 이를 악물고 열두 경기를 함께 촬영했던 카메라맨 정한진, 카메라 보 최희준 그리고 취재작가 송보화에게도 고마움을 전한다. 그들의 노력이 없었다면, 이 책은 나오지 못했을 것이다.

마지막으로 이 책의 첫 독자가 되어준 나의 두 딸, 하연이와 구용이에게 고마움을 전하고 싶다.

2014년, 1승을 기원하며

윤미현

작가의 말 – 이소정

큰 아이가 다니는 학교는 통합교육을 한다. 아이의 반에는 소아마비나 자폐 등으로 몸이나 마음이 아픈 친구가 한명씩 있다. 인근에서 유일하게 통합교육이 이뤄지다 보니 멀리서 차를 타고 통학을 하는 경우도 많다.

몇 년 전의 일이었다.

어느 날, 학교에서 돌아온 녀석이 속이 메스껍고 머리가 아프다고 했다. 학교에서 무슨 일이 있었나 싶어 이런 저런 얘기를 나누다 난 조금 놀라운 사실을 알게 되었다.

아이의 반에는 자폐를 앓고 있는 친구가 있었다.

사건이 일어난 건 쉬는 시간 화장실.

볼일을 보고 있는데 6학년 형아가 그 친구를 향해 욕을 하는 소리를 들었다.

“병신”

현장을 목격한 큰 아이와 반 친구들은 자기들끼리 열띤 토론을 벌였고, 결국 담임선생님께 이 사실을 알렸다. 선생님께서 그 형아를 불러 꾸중을 하는 것을 두 눈으로 확인한 후 마침 점심시간이 되어 밥을 먹으러 갔다.

“엄마, 근데 이상하게 밥이 잘 안 넘어가는 거야.”

먹는 것이라면 자다가도 벌떡 일어날 만큼 식탐 좋은 녀석이었다. 그런데 밥맛까지 잃었다니……. 무서운 형아를 선생님께 일러바쳐서 행여 보복을 당하지 않을까 하는 두려움 때문일 거라고 웃어 넘겼다.

학기 초, 아이는 그 친구를 마음이 아픈 친구라고 내게 소개했었다. 선생님이 그렇게 말씀하셨단다.

수업시간에 교실을 돌아다니기도 하고 가끔 소리를 지른다며 불평을 하기도 했지만, 어느 날은 덧셈을 생각보다 잘한다고 했고, 키가 커서 부럽다고도 했다.

호들갑을 떨며 마음 아파하지도 않았고 측은한 마음을 가지지도 않았다. 축구를 잘하는 친구가 있는 한편 글씨를 못 쓰는 친구가 있는 것처럼 옆에서 지켜본 아이는 그냥 30명 반 친구 중 한 명이었다.

그런데 문제의 그날, 머리가 아파 일찍 잠을 자겠다며 방으로 들어가던 녀석이 내게 말했다.

"엄마, ○○도 병신이 무슨 뜻인지 알아들었을까? 그럼 기분 진짜 나빴겠지?"

그래, 너 그게 맘에 걸렸던 거구나. 그제야 난 아이가 아픈 이유를 알았다.

그 일이 있은 후, 아이에게 좋은 교육환경이 있다면, 그것은 강남 대치동도 특목고도 아닌 통합교육을 하는 학교라 난 믿게 되었다.

늘 부끄럽고 함량이 부족한 방송 대본을 써 온 내가 덜컥 책을 쓰겠다는 용기를 낸 건 한 가지 이유다. 청각장애를 가진 아이들의 모습을 바로 눈앞에서 펼쳐지듯 생생하게 보여 주고 싶다는 마음. 학교에서 만나지 못했다면 책으로라도 만나면 좋을 것이란 욕심이었다. 방송 테이프로 보고 담당 PD로부터 전해들은 아이들은 정말이지 너무 예뻤다. 웃는 모습은 봄꽃처럼 싱그러웠고 야무진 꿈도 있었다. 두 편의 다큐멘터리로는 성에 차지 않았다.

우리가 쓴 이야기가 한 권의 책이 되어 세상에 나온단다. 심지어 문학상 공모에서 당당히 당선되었단다.

사람 욕심이 끝이 없다고, 난 조금 더 큰 욕심을 품어 본다.

이 글이 누군가의 마음을 두드려 주길.

이 책을 덮은 후, 행여 지하철 안에서나 놀이공원에서 부지런히 손을 움직이며 수화를 하고 있는 청각 장애인들을 만난다면, 착한 상상을 해 주길.

"저 아이는 얼굴 수화가 뭘까?"

"저 친구는 공장 부품 조립공 말고 어떤 꿈을 키우고 있을까?"

그렇게만 될 수 있다면, 정말 좋겠다.

감사한 사람이 너무도 많다.

17년간 준석이를 키워온 사연을 눈물 한 방울 없이 쿨하게 전화로 풀어 주신 준석이 어머니. 하지만 이 땅에서 청각장애아를 키우는 일이 어떠했을지는 그저 짐작만 할 뿐이다.

턱없이 부족하지만, 이 글이 당선작으로 뽑힐 수 있었던 건 오로지 우리의 진심. 그 힘이었음을 안다. 그 마음을 알아 주신 살림 식구들께 참 감사하다.

함께 작업하는 것만으로도 행복했는데, 주저하는 날 추동해서 책 한 권을 함께 쓰게 해 준 윤미현 피디. 그녀를 만난 건 내 일생의 행운이다.

마지막으로,

긴 방학 동안 밥은 혼자 먹어도 괜찮으니 책을 쓰는 엄마가 자랑스럽다고 말해 주는 듬직한 진형이. 늦은 밤, 엄마의 재미없는 다큐를 두 눈 크게 뜨고 봐 주는 진우.

그리고 내 평생의 동지 김대균 씨. 고맙고 사랑한다.

2014년 3월, 봄을 기다리며

이소정

충주성심학교 야구부, 1승을 향하여

펴낸날 초판 1쇄 2014년 3월 30일
초판 3쇄 2016년 3월 28일

지은이 윤미현, 이소정
펴낸이 심만수
펴낸곳 (주)살림출판사
출판등록 1989년 11월 1일 제9-210호

주소 경기도 파주시 광인사길 30
전화 031-955-1350 팩스 031-624-1356
홈페이지 http://www.sallimbooks.com
이메일 book@sallimbooks.com

ISBN 978-89-522-2836-9 03810
살림Friends는 (주)살림출판사의 청소년 브랜드입니다.

이 도서의 국립중앙도서관 출판시도서목록(CIP)은 서지정보유통지원시스템 홈페이지(http://seoji.nl.go.kr)와 국가자료공동목록시스템(http://www.nl.go.kr/kolisnet)에서 이용하실 수 있습니다.(CIP제어번호: CIP2014005244)

* 값은 뒤표지에 있습니다.
* 잘못 만들어진 책은 구입하신 서점에서 바꾸어 드립니다.